S P R I N G

每一本好書都是一顆種子，
春天播種在你的心田夢土上。

Spring

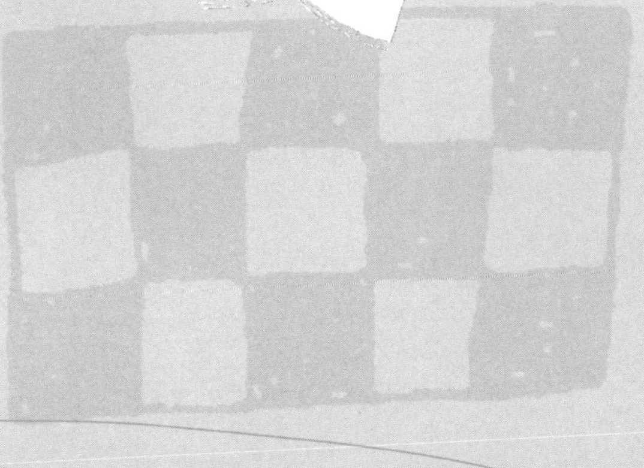

S P R I N G

每一本好書都是一顆種子，
春天播種在你的心田夢土上。

Spring

# 遇見

## あの日、君と出会わなければ……

回想已經成為過去式的這個夏天，
無疑的可以算是我人生中最重要的一季吧。
應該這麼說沒錯，
首先，我從高中生變成大學生，
然後我第一次離家生活在外。
還有，我遇見了你

我遇見了你
遇見了你
遇見你
遇見
你

# 重新遇見，橘子和你

可能很多的你們，在《遇見》出版時，還沒遇見橘子，而現在，我們重新遇見。

這大概是我寫過的小說裡力道最重的，能改版重出對它而言是種肯定，這肯定要謝謝支持橘子的你們，沒有你們就沒有這些肯定。

沒有在客套，是真的很感謝，打從心底的那種。

《遇見》可以說是《我們的遺憾來自於相愛時間的錯過》裡「如果你愛她」的前身，《遇見》的故事是始於圖書館，而在寫完《遇見》之後，很巧合的是，我也到了學校的圖書館打工，而另一個巧合是，在完稿之後進行書的後製時，孫燕姿正巧發現《the moment》專輯，〈遇見〉這首歌隨著電影《向左走向右走》開始在台灣唱透；雖然因此一度很考慮把書名改掉，但想想終究還是算了。

我從來就是那種極度迷信巧合的個性。

《遇見》的日文書名譯成中文應該是：「如果那天沒有遇見你。」我自己是很喜歡這句日文的，也覺得十分貼切《遇見》故事的本身，於是當出版社表示想要個日文當副書名時，不作他想的就用了這個，而非《遇見》的日文直譯。

遇見代表了種種的可能，還有種種的不可能。

《遇見》是我自己比較少寫的故事性強烈、而結局也典型悲劇的小說，當然我知道喜劇結局的甜美小說、沒意外的會比較具有市場性，常常就有讀者挑明了表示：不看悲劇結局的小說；然而，同時我也只是在想：但，這關我的《遇見》什麼事？

我是橘子，寫我自己的小說，照我自己的意思。

橘子

# 原序

喂！你。

對咖啡有什麼堅持沒有？

我對咖啡一點堅持也沒有。

熱的喝，冷掉的也喝。冰的喝，涼掉的也喝。煮的喝，即溶的也喝。貴的喝，便宜的也喝。

自己付錢的喝，別人請客的喝，只要是咖啡，我就喝。就算不是咖啡，我也喝。

我寧願餓肚子也不能渴了喉嚨，我有起碼的堅持。

我喝咖啡的歷史相當早，比起我那個堅持不碰咖啡的白目弟弟而言。

我從小就被姑姑帶著到處喝咖啡，她對咖啡的堅持是只喝用虹吸式煮出來的那種累死人的咖啡，所以我小時候喝的咖啡反倒比長大後喝的還講究。

那些咖啡什麼味道我全忘了，我只記得每次喝完之後姑姑老是猛灌我水喝，說是為了沖淡咖啡因。

喝咖啡又灌水沖淡咖啡因？哈～姑姑每次都會覺得很幽默的自己笑起來，我很愛她，我沒有意見。

讀書時同學在一家咖啡館打工，她那也有台虹吸式的咖啡爐，但她卻從來沒有想要弄給我們喝過的意思。

後來有一次我在高雄唸書，那天從台南看完朋友回學校，不知道為什麼，我突然很想把自己藏起來，於是我在學校附近找了家看來冷清並且陰暗的咖啡館坐下，我點了杯冰咖啡。

不知道是那咖啡濃馥的感人還是當時心情雜亂的煩人，我竟就坐在角落對著牆壁哭了起來。

別問我為什麼哭，我也忘了，很多事我都忘了，我有選擇性的遺忘症。

哭泣是相當丟臉的事情，雖然那時候沒有人看見聽見，但每次和朋友經過那家咖啡館時，我總是迫不及待的想要逃離那店門口，好像我這個人有什麼祕密丟在那裡似的。

我只好逃離，用一種做賊心虛的姿態，逃離。

後來工作，不存錢淨花錢，和朋友每天每天，每家每家的喝咖啡。

我喝過很多做假的咖啡，他們唯一真實的是那一成的服務費。

他們水會倒得很勤，我想那大概是因為他們也覺得對不起那咖啡的緣故。

做假的咖啡喝多了的結果就是，你會開始對那些漂亮的咖啡館失去了期待，當你走進那樣的咖啡館時，你唯一可以期待的就是，他們收你一成的服務費，然後很不好意思的對你微笑。

我今天剛好拿了一杯熱拿鐵，但卻送來一杯用熱拿鐵杯裝著卡布奇諾的咖啡來，看得我直想跟他們要肉桂粉或巧克力粉。

到底算是不錯的了，我們曾在法國向大鼻子侍者點熱拿鐵結果卻送上熱紅茶的。

我對法國沒有什麼好感，但真正原因到底是為了什麼，其實我也忘得差不多了。

橘子

2003.12

# 遇見

# 1

我真以為所謂的人生不過就是由一個又一個的機緣所組成的，每每一個毫無意識的細微動作無意念頭，在往後仔細回想起來卻往往是足以導引我們走入另一個不同人生的關鍵點。

就好像我們初見面的那個下午，如果不是我蹺課的話，如果不是我貪圖圖書館的冷氣而躲進去睡覺的話，甚至可以說是，如果不是我隨手取下三島由紀夫的書來充當墊枕的話，那麼我將不會遇見你，又或者，就算我遇見了你、在這圖書館裡，你也不會有任何與我交談的理由。

因為蹺課於是就近躲到圖書館吹冷氣睡覺的我，在熟睡之間做了一個夢，我夢見魂魄自我的腳底抽離，我於是怔怔地望著我的身體，飄。

當下只有一個念頭——我死了？

倒抽了一口氣驚醒過來，首先映入我眼簾的，就是你那張漂亮的臉孔；是的，漂亮的臉。

混血兒？

我當時直覺聯想到混血兒，我也說不上來為什麼。

我對於混血兒的長相並沒有特別的研究，身邊也沒有任何是屬於混血兒的朋友，就是在遇見你之前，也從來沒想過關於混血兒這方面的事；但是不知道為什麼，這就是當時你所給我的第一印象，或者應該說是，那張漂亮的臉所給我的第一印象。

「我們吵到妳了嗎？」

你首先開口，視線筆直地望向我的眼底，沒有任何的避諱，直接的注視，也直接的被注視。

你有一雙溫柔的眼神，這是你給我的第二印象，接著便是你身上的高中制服，頃刻間，我有一種不知身在何方的錯亂感。

「妳別被他唬住，這傢伙是這樣的，大學都快唸完了，還堅持要穿著高中制服，怪咖。」

視線左移，接著說話的是坐在身邊的你的朋友，他同樣擁有一張好看的臉，細長的眼睛令他看來多了一股與生俱來的貴氣，說起話來同樣慢條斯里的，同樣是凝望我的眼神，卻令我感覺到一股直接的侵略。

「妳是一年級的新生嗎？」

「欸。」

我是一直到了你開口問我第二個問題時才終於完全清醒過來的，並且在這同時，迅速的聯想起之前就曾經聽說過的你，這個始終穿著高中制服的學長，只是我想不到有這樣奇怪舉動的你本人竟會是個美男子。

「難怪之前沒見過妳，不過這麼說也未免牽強，因為我們也不常來上課嘛！」細長眼的男人又說，然後好像覺得自己很幽默似的，自顧著笑了起來。

「妳也喜歡三島由紀夫？」

「嗯……還可以，其實只是隨手拿到這本用來墊著睡覺而已。」

我據實以告，然後你笑開來，笑開來。

你的笑容——

如果要說有什麼令我割捨不下的，那大概就是你的笑容吧！我真的好喜歡、好喜歡你的笑容！

我常在想，如果當你對我說出那麼殘酷的話時，臉上還能掛著這溫暖笑容的話，那麼，我是不是就會比較不恨你一些？

我不確定。

「走吧，我們已經吵到漂亮學妹了。」

細長眼的男人起身急欲離開，他急躁的翻倒了椅子又一臉不悅的將它扶正，一跨出門口就馬上燃起了一根香菸。

就要離開了嗎?我望著你們高瘦的背影，喉嚨卻乾澀的無法發出聲音來，接著我看到，我看到你的背影折回來到我的面前，佐以微笑的問道：

「妳知道學校對面的巷子裡有一家不起眼的小咖啡館嗎?」

我傻傻的搖頭。

「那裡有世界上最好喝的咖啡哦，算是學長提供給可愛學妹一點關於這學校有用的情報。」

然後你離開，我怔怔的坐在那裡，望著你們兩人逐漸走遠的背影，縮小，縮小。

恍惚間竟有種那其實是同一個背影的錯覺。

# 2

離開圖書館之後，在回家的途中經過一間咖啡材料行時，我突然興起一股無論如何也想要有一台我自己的咖啡機的念頭，所以我就走進去買了，機型是最簡單的那種，另外還有一盒濾紙，一包紙袋裝的曼特寧。當將左邊頭髮梳到右邊的禿頭老闆替我將咖啡豆放磨豆機裡磨成粉時，我猶豫的看著櫥窗架上那只造型古典的小巧磨豆機，不過想想還是下次再來買吧！如果我還記得的話。

回到和小松合租的公寓之後，迫不及待的馬上煮了兩杯咖啡來，在等待熱水煮沸的同時，我刻意裝作漫不經心的告訴小松今天在圖書館遇見的事情；但究竟是為什麼當時我會想以「這對我來說並不是什麼特別值得提起的事，只不過是突然想起隨口說說而已」的口吻來掩蓋我心底的悸動呢？我實在也說不上來。

「妳運氣不錯嘛！」

「運氣不錯？」

「是呀，他們很少出現在校園裡呢！長得真俊對不對？簡直俊美的令人泫然欲泣。」

小松誇張的以小說式的口吻說話，表情可愛得教人莞爾。

「難怪之前沒見過妳，不過這麼說也未免牽強，因為我們也不常來上課嘛！」

我又想起細長眼的男人所說的話，但令我好奇的卻不是他，而是穿著高中制服的你。

小松瞇著雙眼望著我，像是看穿了我想一探究竟卻又怯於直接開口問道的彆扭，於是她便直接說：

「那個澈呀。」

「澈？」

「嗯，他叫作澈，穿著高中制服的那個，關於他堅持穿高中制服的這件事情有種種傳說哦。」

「所謂的種種傳說是？」

「傳說最多的是他為了紀念高中時候深愛過的女孩才這麼做的，但也有人認為他只是故意標新立異而已，還有人說這是表達對我們大學不滿所採取的消極抗議，但到底真正原因是什麼，澈本人倒是從來沒有解釋過。」

「真神祕。」

「就是呀，但反正他穿起來也很好看嘛！而且妳不認為這感覺還挺浪漫的嗎？」

「浪漫？」

「浪漫。如果他真是為了紀念高中時愛過的女孩於是堅持穿著高中制服的話呀！很浪漫不是嗎？」

「好像是吧。」

「但總之，真正的原因只有他自己知道了，而且顯然他認為沒有必要向別人解釋。」

我點點頭算是回應小松的看法，然後把煮好的咖啡倒入白色的咖啡瓷杯裡，很滿足的就喝了起來；倒是小松以一種不太明白的眼神看著她眼前的咖啡，大概過了五秒鐘那麼久，她才說：

「妳沒買牛奶和糖嗎？」

「嗯，我習慣了喝黑咖啡。」

「真怪。」

小松皺著眉頭淺嚐一口，然後就擱著不再碰了；好像想到了什麼似的，又說：

「倒是那個剛。」

「另一個男人？」

「嗯，妳要小心他哦。」

「怎麼說？」

「那傢伙可是花名在外的，他跟很多女生都有過關係，但都只是玩玩而已，總之，是個玩世不恭的傢伙吧！這早已是公開的祕密了。」

「這樣呀。」

「剛沒跟妳要電話嗎？」

我搖頭，說：「他只對美女有興趣吧。」

小松饒富興味的盯著我的臉，笑言道：「妳呀！妳知道妳這個人最有趣的地方是什麼嗎？」

「嗯？」

「妳對自身的美麗一無所知。」

妳的本質是迷亂。

你後來也這樣告訴過我；你說我對於自己完全性的沒有概念，我想我只是找不到我的定位；你還說我把別人的讚美評價完全視為客套的恭維而倔強的不肯接受。

但是為了什麼，妳竟然這樣沒有自信呢？你問。

為什麼呢？我也問我自己。

我一直是一個欠缺的人，我一度以為遇見了你，擁有了你便使得我的生命因而完整了，我太過強烈的將自身的完整性架構於你的身上，以至於在失去你之後，我不僅是變成以前那個欠缺的我，更可以說是，我變成一個更殘破不堪的人；因為你，因為失去你，因為我曾經擁有你最後卻還是失去你，我的身體好像長出一層透明的膜，將自己封閉在自我的世界裡，拒絕一切外界的接觸，尤其是愛情。

透明的膜之於我，就像是高中制服之於你吧！我想。

小松不知道在哪裡找出從咖啡館順手牽羊的糖包，加入攪拌之後，試探性的又喝了一小口，最後終於完全放棄。

「所以呢？他們有跟妳說什麼嗎？」

「妳知道學校對面的巷子裡有一家不起眼的小咖啡館嗎？」

我想了想，我回答：「沒有。」

然後關於你們的話題就此打住。

我常在想，如果那個時候我告訴小松關於你所說的那家咖啡館，如果我帶著小松一起進入你的生命，如果我告訴小松關於我們的愛情，那麼或許我可以參考她的看法而不致於單打獨鬥的以利刃般的行為話語刺傷了你，刺傷了我們的愛情；甚至是那個其實可以避免的結果吧！

如果。

朋友的建議在致命的時候是會難以置信的挽救我們，只是我明白得太遲，只是當我明白的時候，事情早已演變得一發不可收拾了。

我始終是以一種戰鬥的姿態接近你，處理我們的愛情，如果早在那個起始點，我不是選擇單獨走進那家咖啡館的話，不是單獨走入你們的世界的話，那麼或許不會造成那最糟的結局吧。

我是真的這麼以為著。

# 3

我和小松是從唸女中時就認識的好朋友，我們應該可以說是無話不談，從各方面來說。

但或許是因為真正的心意總是難以輕言洩露，所以我們的話題儘管廣泛卻從不觸及彼此的私生活；因為住在一起的緣故，我自然有機會看見小松的感情生活，例如說她帶男朋友回家過夜，或是徹夜不歸這方面的事，但奇怪的是我們對這方面的事情卻從來不做深入的交談，就像是對方是什麼樣的男生？和他做愛的感覺如何？多久做一次呢……這類現實層面的細節，我們從來不談。

而小松也從來不露骨的說，偶爾我們也會說些關於性這方面不著邊際的無聊笑話然後樂得哈哈大笑，但就是不直接的問及對方關於這方面實際的經驗。

對於彼此的感情生活，我們僅止於知道，而不是明白。

我們熟知對方的生活習慣，但對於內心世界卻從來不問。

仔細回想，這天和小松的交談，或許是我們最深入的一次也不一定。

「妳還是處女吧？」

「怎麼突然問？」

「其實這也沒什麼重要的，有沒有性經驗並不代表什麼的，但是遇見喜歡的男生還是要率直一點的好哦。」

「好像是吧。」

「不要像個幼稚的小女生那樣，明明對他喜歡得要命，但是在他的面前卻又故作冷淡，這種人最不幸了。」

「嗯。」

「畢竟遇見喜歡的男生是一件不容易的事情呀，我真覺得。」

小松最後說，彷彿自言自語似的，我不確定她是說給我聽，又或者只是告訴自己。

接著當天下午，我獨自走進那家咖啡館。

就像你所說的，它是在學校對面巷子裡一間不起眼的小咖啡館，它不起眼的程度到了我來回經過它二十次，才發現我已經錯過它二十次了；它連店的招牌也沒有，如果不是經人介紹的話，大概會以為那只是一戶飄著咖啡香的尋常住家吧。

它的大門像是要配合它的不起眼似的，設計的相當低矮，我推開木頭的大門低頭走進去，視線所及的是一個極專業的吧台，上面架滿了各式專業的酒杯及咖啡杯，裡頭還有一台大得過分的咖啡機以及另外一台相較之下顯得太小的虹吸式咖啡爐，吧台前來自世界各地的咖啡豆雜亂的隨意堆放著，裡頭站著一個表情很明顯不太想理人的女人，看起來是有點年紀了，大概是這間店的主人吧！

她穿了一身的黑，臉色卻異常的蒼白，左手食指和中指夾著一根細長的香菸，卻沒有想要抽的意思；她身後是一個種類齊全的酒架，或許晚上還兼著賣酒吧！不，或許白天也賣，只是我不確定。

這個過分招搖的專業吧台佔去了咖啡館一半以上的空間，剩下的是總計不過五、六張的桌子，最大的是四人座最小則是兩人座，就算生意冷清看來也像客滿，但我想這應該不是它之所以這樣狹窄的用意。

我初到的這天下午，兩人座的桌子已經被佔滿，我於是只好選了最角落的那張桌子，對於我一個人就佔了最大的桌子這件事，我的感覺是有點心虛的，因為這是一間這麼小的咖啡館，甚至可以說是擁擠，還有，煙霧瀰漫。

我怯生生的環顧其他客人，發現除了我之外幾乎人手一根香菸，這使得不是抽菸者的我顯得格格不入，但不知道為什麼，我發現我並不討厭這裡。

有點超現實的味道，我這樣覺得。

我約莫尷尬的獨自待了五分鐘之後，才意識到老闆娘並沒有想要過來招呼我的意思，我只好走過去同她點了一杯熱咖啡；她聽了之後頭也不抬的僅是嗯了一聲，然後捻熄了菸，開始動手煮咖啡，在這時候店裡的其他客人懶洋洋的望向吧台一眼，隨即又面無表情的轉過頭逕自抽菸，以及發呆。

這樣不愛搭理人的老闆娘，卻性格的好像她本來就應該這個樣子的姿態。

在坐回位子的時候，我是這樣想的。

好安靜的咖啡館！

像是全身放鬆了似的，我此時才發現這點。

音響裡放送著不知道是哪個年代的西洋老歌，以一種孤獨的姿態獨自在這狹小的空間裡唱著，除此之外幾乎就再也沒有別的聲音了。

不想理人的老闆娘自然是安靜的沒錯，但店裡的客人卻好像約好了似的，無不是發呆著抽菸，或者閱讀，就算是有交談的人，音量也是極微小的；我忍不住想看看店內是不是張貼禁止喧嘩的標語，但是結果沒有；沒有禁止喧嘩的標語，也沒有任何可供閱讀的書報雜誌，早知道是該帶本書過來的。

三島由紀夫。

我突然想起你曾經提起過的這個作家。

我不曉得他。我當時忘記回答你。

只知道他是個日本人，有名的作家，已經死掉了，如此而已；至於他寫過什麼、是怎麼樣的一個人、發生過什麼令人津津樂道的事情……一切則全面性的一無所知。

我對於閱讀的怪毛病是，從來不看已經死掉的人所寫的書，我也說不上來為什麼這樣。

就當我思考著關於三島由紀夫的時候，老闆娘將煮好的咖啡遞到我面前，同時間你們推開木頭大門低頭走進來；更正確一點的說法是，你跟在剛的後面走進來。

我們視線交疊，你對我投以微笑，我感覺到雙頰發燙；剛像是習慣性的和老闆娘交換一個眼神，然後他站在原地四處搜尋空桌子；我不確定他有沒有看到我的存在，或者應該說是，他還記不記得我這個人。

我低頭喝了一口黑咖啡，你說的沒錯，這真是一杯用心煮出來的咖啡，一點也沒誇張，真的可以說是世界上最好喝的咖啡。

再抬頭，我看見你越過剛走向我，笑問道：

「能和可愛的學妹併桌嗎？」

我微笑點頭，接著看見剛面無表情的跟過來在我的斜對面坐下，抽菸，接著你也燃起一根。

白色Marlboro，你抽的菸。

「你不是一直穿著高中制服的呀？」

「高中生也有放學的時候呀。」

你回答，我發現你對我說話時總是保持著好看的笑臉，從一開始就是這樣的；而此時坐在你身旁的剛卻是沉默不語的，從他的臉上看不見任何屬於表情的東西，一時間我竟有種他好像正在生氣的錯覺；一直到老闆娘為你們送上兩杯熱咖啡，剛馬上熟練的加入了大量的糖，隨即啜了一口之後，臉部的線條才終於柔和了下來。

好像受到他的影響似的，我也因此而感到鬆了一口氣。

剛有一股與生俱來的感染力，強烈的。

「他剛睡醒時就是這副德行，犯起床氣，給他喝一杯這裡的咖啡就沒事了。」

你代替剛解釋，但視線卻始終沒有望向他。

「妳看起來不像是會喝黑咖啡的女生嘛！」

剛終於開口說了話，他的眼神銳利的盯住我，這使我有點緊張，不知道為什麼，我感覺我是有點怕他的；剛的身上散發著窒人的壓迫感，我不確定你有沒有察覺到這點，抑或你其實已經習慣？

「奇怪嗎？」

「奇怪呀，妳感覺像是卡布奇諾的女孩。」

剛邊說邊捻熄了菸，而你則是繼續抽了第二根。

卡布奇諾的女孩？

「雪白的肌膚像牛奶，烏黑的長髮則是Espresso的顏色，」剛自顧著說，也不在乎我們倆並沒有回答的意思。

「妳的皮膚好漂亮，可以讓我碰一下嗎？」

「咦？」

我根本沒有意會過來，剛就伸手以手背輕觸了我的臉頰，雖然他的嘴角泛著笑意，可我卻感覺到頸後一陣涼意，而你則是皺了眉頭，別過頭。

我不知道那代表什麼意思。

「妳的皮膚好光滑，我喜歡皮膚光滑的女生。」

剛最後說。

# 4

大而明亮的咖啡館，卻只有我一個客人不知所措的端坐在靠窗的位置。孤獨而且無聲。

笑容很誇張的年輕服務生將奶泡滿溢的卡布奇諾放在我的面前，我急急忙忙的喊住她，說：「小姐小姐，我點的是黑咖啡呀！」

「這裡寫的明明是卡布奇諾！」年輕服務生將點單摔在桌上，我看見上面大剌剌的三個字——

黑咖啡。

「不是不是，這寫的明明就是黑咖啡呀！」

「是卡布奇諾呀。」年輕服務生又說；她的臉在我面前變成一個紅鼻子的小丑臉，咖啡館頓時冒出一大堆的陌生人，有老有少，有男有女，他們全擠到了我的身旁，指著點單上黑咖啡三個大字說：「是卡布奇諾喲！卡布奇諾。」

我委屈的哭了出來，小小聲的解釋：「是黑咖啡呀黑咖啡。」

「妳是卡布奇諾的女孩！」

是誰？

我驚嚇的抬頭，全部的人已經消失得無蹤影，連同那笑容誇張的年輕服務生也是，只剩下不知道是什麼時候出現的剛，模樣優雅的含著香菸，以一種嘲弄的眼神盯住我，又說了一次——

「妳是卡布奇諾的女孩喲！」

不是的不是！

我倏地掙脫，喘氣。

原來是夢呀！

有些夢的感覺太過於真實，真實到清醒時你會誤以為身處的此時此地是夢境，而那夢原來才是真實。

望向窗外是一片黑的景色，指針篤定的指向三點過半，此時夜已深到無聲。

我望著鏡子裡反射出來的自己的身影，想起父親。

父親總是在半夜時獨自起床坐在客廳的沙發上抽菸，以及嘆息。好幾次我走出房門或者如廁或者沖泡咖啡時總是被那團黑裡的嘆息聲影所驚嚇。

父親晚睡、父親失眠、父親早起，父親每天像是公務員刻印章似的上班下班，而實際上父親正是一名公務員沒錯。

父親吃飯、父親喝碧螺春、父親看談話性節目、父親沉默寡言、父親性格壓抑、父親的父親是軍人、父親從小在權威式的教育下成長、父親不習慣太過親密的父子關係、父親不懂正確的表達感情。

父親以大量的金錢豢養他的女兒，父親卻從來不抱抱我親親我，父親如同客廳裡一只裝飾用的沉默傢俱。

一個性格壓抑的父親，教養出他性格壓抑的女兒。

獨生女兒。

如果父親是家裡一只裝飾用的沉默傢俱，那麼母親則是家裡的光源，是那種好像二十四小時永不休息的光，像是電器一樣，甚至連開關也不必要；理所當然的存在，必須的存在。

只有一次例外。

母親因為我不記得的原因小產，在我不記得的年歲裡，母親於是返回外婆家休養身體，我們父女倆只得自己照顧自己。

母親不在家裡的那幾天之於我的記憶如今只剩下一鍋雞湯，父親親手做的雞湯；從市場買來料理好的半隻雞，一大碗的水，大同電鍋，父親第一次，也是唯一一次，為我做的雞湯。

雞湯很淡，淡得幾乎沒有味道，更淡的是，父親對於這個家的感情。

然而有一天，這只裝飾用的傢俱突然沒有預兆的離家出走，或許是出外旅遊也不一定，我不知道；那陣子我一度以為自己是隻被棄養的流浪狗，從小沒被父親抱過親過，然後沒來由的就被父親遺棄了，像個被厭惡的垃圾一樣，遺棄。

我沒有父親了，我因為這個念頭傷心了好幾天，我不知道是不是我哪裡做錯了所以父親不要我了？

夜裡父親獨自坐著抽菸嘆息的沙發換成了母親低聲啜泣的身影，如果不是因為父親的出走，我不會知道一向樂觀開朗的母親原來也是有眼淚的；父親出走的那一陣子，我們母女倆絕口不提父親的離去，過了約莫一個月左右，父親帶著一臉的疲憊出現在門口，用左手推開大門，右手則拉著旅行箱，回家後的第一件事情即是坐在他的沙發上抽菸。

「吃過了嗎？」這是母親開口的第一句話，也是那天的最後一句。

「還沒。」

然後母親去廚房下了一碗麵，在父親吃麵的同時將行李箱裡的髒衣服丟進洗衣機裡，洗。

等到麵被吃完，髒衣服變成乾淨的衣服之後，一切回復平常，父親仍然沉默寡言性格壓抑，父親仍然在半夜時獨自坐在客廳的沙發上抽菸嘆息，父親仍舊是客廳裡一只裝飾用的沉默傢俱；至於父親出走的這件事情，則好像從來沒有發生過一樣。

甚至長大之後回想起來，我無法判別那是我的記憶錯誤抑或真正發生？

相較於父親，母親則顯得開朗樂觀許多，不，就算不是同父親比較，母親在每個人的眼中也的確是個十足健談熱心的婦人。

儘管母親是帶給人陽光般的慈愛感覺，但對於她的獨生女，卻也從來沒有過任何親密的動作。

在我遙遠的記憶中，還不到學齡年紀時的我，經常跟著母親上市場買菜，即便是在人潮擁擠的市場裡，母親依舊是不會牽起我的手，她只是頻頻回頭觀望，確定她的小女兒並沒有走丟，如此而已。

在我的童年時光裡，最討厭的事情莫過於母親規定的午睡，母親總是半騙半哄的陪我入睡，然而當我醒來的時候，母親總是早已經不在我的身旁，我不確定母親是比我早醒了，抑或根本一直沒睡過？不知道母親是去了哪裡？什麼時候回來？當我望著這邉邉的房子時，總有一種被這個世界、被所有人遺忘的孤獨感，總是想放聲大哭呢！

但我很少哭，總是忍住不哭。

唯一的一次，是因為一篇作文，或者應該說是、因為母親，和那些鄰居的婆婆媽媽們。

小學的作文課，下巴到頸部有一大片燙傷疤痕的女老師要我們自由命題寫一篇作文，於是我以「我不想要再一個人了」為題目的作文得到了高分，老師讚賞地在母親來接我放學時告訴她這件事，於是回家之後，母親在那婆婆媽媽的面前，以誇張的語調，朗誦我生平第一次得到讚美的作文。

母親總是令我尷尬卻又毫不自覺。

透過母親未語而先笑的聲音，那些婆婆媽媽發出了陣陣的大笑，那尖銳的笑聲傳到了我的耳膜，彷彿嘲笑我是個古怪的孩子，寫出這樣古怪的作文。

我掉頭跑回房間，哭。

我的舉動更加印證我是個古怪的小孩，我有一股不被了解的傷心。

我開始意識到用文字來洩露自己真正的心意是件極度危險的舉動，我開始變成一個不愛笑的人，我甚至害怕得到別人的注意。

這樣的說法在旁人聽來或許會認為未免太過牽強或是難以認同，所以我也從來不說，但絕大部分的原因還是，我不認為有必要對別人解釋太多，沒有必要對別人解釋太多關於自己的事。

再說將自身孤獨的成長過程傾訴於旁人的舉動未免太過矯情，並且不自然；我是這麼以為的。

不好的回憶呀。

不好的回憶一股腦湧上心頭是件極累人的事，在這樣的夜，這樣夜已深到無聲的夜，我於是重新躺回柔軟的枕頭上，疲憊的試著睡去。

疲憊得不得好眠。

仔細回想，或許我的失眠就是源自於這個對我而言並沒有任何特殊意義的夜吧。

或許。

# 5

「妳是卡布奇諾的女孩。」

剛的一句無心話語卻教我做了一場討厭的夢，因為這場討厭的夢，以至於每當我想起剛這個人的時候，總是皺眉的多。

儘管我們的見面不過兩次，但剛在我的面前卻總是刻意以讚美的口吻同我說話，只是我卻感覺不出來他對我有一絲的喜歡，甚至可以說是，我感覺到剛對我的存在是不開心的，雖然還不至於到帶有敵意的程度，但我就是可以嗅出我們之間這種微妙的氣氛，儘管他已經刻意隱瞞而不直接表現出來。

充滿壓迫感的一個男人。

我睡得很少卻醒的很早，並且很難得的竟整天沒有蹺課，甚至就是連想要蹺課的念頭也沒有過。

下課之後，我心情很好的再度走進那家咖啡材料行，本來的目的是那台磨豆機，但當我走出店門口的時候，我懷裡抱的卻是另一台小型義式咖啡機，可以自己動手打出奶泡做出卡布奇諾的那種；另外還有一個打奶泡用的鋼杯，以及兩瓶鮮奶還有一大包的紅糖。

回到公寓的時候，小松正站在客廳的穿衣鏡前仔細的檢視打扮好的模樣，像習慣像默契，小松總是要看到我滿意的點頭之後才會放心似的出門。

「約會呀？」

「是呀，我今天會在男朋友家過夜。」

男朋友。

這也是小松的習慣，在她的認知裡，所有人都只是身分而非名字，或許在她的男朋友面前，我的名字也只是室友吧！更詳細一點的話，可能也只是從高中時代起就認識的好朋友，而現在變成室友的那個人。

沒有名字。

「妳怎麼又買咖啡機呀？」

「兩台不一樣呀……妳要不要試喝看看？」

「黑咖啡的話就不要了。」

「卡布奇諾？」

「好呀，我最喜歡卡布奇諾了。」

我按照從禿頭老闆那聽來的：一杯Espresso的份量，兩倍的熱牛奶，接著是份量適中的奶泡，最後再撒上肉桂粉——

「忘了買肉桂粉耶。」

「沒關係，只要有奶有糖的咖啡我就覺得超級好喝了。」

小松果真很滿足的就喝了起來；她先淺嚐一口像是確定牛奶的比例，接著加入大量的紅糖，當我看著小松攪拌著糖的舉動時，突然又想起了剛。

我搖搖頭，改變話題道：

「妳約會會不會遲到呀？」

「已經遲到了，但管他的，讓那傢伙等沒關係的，如果連等待都不肯的男人是沒有交往的必要的。」

「是這樣嗎？」

「是這樣的。」

「問妳一個問題。」

「嗯？」

「如果有人用卡布奇諾形容妳的話，妳想那是什麼意思？」

小松想了想，說：

「很女人的意思吧。」

「哦。」

「誰？」

我搖頭，小松則是喝乾了最後一口，然後起身，沒有想要再追問的意思。

這也是我們的默契之一，對於想說的話自然會說，不想說的則是再怎麼問也沒有意思。

最後小松又走到穿衣鏡前，她看見我從鏡子裡點點頭，然後小松就滿意的出門了。

小松離開之後，我跟著也出門打發晚餐。

「如果有人用卡布奇諾形容妳的話，妳想那是什麼意思？」

「很女人的意思吧。」

我一邊走著一邊思考著和小松的這段對話，當我回過神的時候，卻發現我人已經站在這咖啡館的門外了。

這間咖啡館到底叫作什麼名字呢？

我推開大門的時候，腦子裡突然想起這個問題，而當木頭大門在我的身後闔上時，我才發現這裡已經客滿了。

轉身打算離開的時候卻又被喊住——

「嘿。」你說。

「真巧，又遇見你。」我說。

我看見你一個人坐在兩人座的桌子，我一副不知道該是直接走近又或者應該離開的尷尬距離。

所有人都在看我，我感覺到不知所措的難為情。

你於是起身替我移開椅子，很紳士的，我於是在你的面前坐定，鬆了一口氣。

全部的視線再度從我的身上撤離，各自放回原來的地方，你在這個時候替我向老闆娘喊了一杯熱咖啡，以適當的音量，然後送給我一個微笑，問：「對嗎？」

「欸。」我點頭。

你開心的笑了，這個屋子好像因此而明亮了。

「吃過了嗎？」

「還沒欸。」

「這裡只有三明治哦。」

「那好吧。」

於是你轉頭替我點了三明治，然後燃起一根香菸，我發現在你面前擺著的是愛爾蘭咖啡。

我望著你的愛爾蘭咖啡，我問了你另一個問題：

「你一個人呀？」

你點頭，吐了個漂亮的煙圈，然後才慢慢的說：

「剛帶女朋友在我們的公寓約會，所以我出來透透氣。」

我知道他叫作剛，但不知道為什麼，我不想你知道我知道你們名字的這件事。

「那個男生？」

「嗯，他叫作剛。」

你告訴我剛的名字，卻沒有自我介紹的打算，甚至就是連我的名字你也沒有想要問的意思。

但你彷彿心情很好的同我聊天，同我這個你沒有打算問名字的女生；聊我們的學校，聊我的科系，你像是個溫柔的學長，仔細的聽我訴說對於在這裡生活的感覺，並且在我有疑問的地方耐心的提供你的意見。

我們的話題裡還夾雜著你認識的剛以及我認識的小松，小松，是的，我向你說的是小松而非我的室友；當我形容起小松看見我買了第二台咖啡機時皺著鼻子的神情時，你笑的很開心的樣子。

接著我知道，你和剛就如同我和小松一樣，都是從高中時代起就熟識的同學，而現在你借住在剛的父母為他買的公寓裡，你還說剛常帶女朋友回去，每當這個時候你就會一個人來這喝咖啡。

當你說到這裡的時候，你的表情相當平靜，可能是習以為常，也可能是毫不在乎，和小松告訴我關於剛這個人時的表情相差甚遠，但我並沒有想要向你確定小松的訊息是否正確，例如你所謂的剛常帶女朋友回家，是指同一個女生？又或者像小松說的那樣，是很多不同的女生，而你將她們統稱為剛的女朋友？

我沒有想要確認的原因是我沒有興趣，對於剛這個人，我沒有興趣。

你的話興很好，和前兩次我所遇見的你大不相同，我不知道為什麼。

我知道我喜歡這樣的你，我喜歡你，現在的我是再確定不過的了。

那你呢？

「你是混血兒嗎？」

你先是楞了一會，然後點頭；點頭，你只是點頭，並沒有想要再說明的意思，像是哪個國家的血統呢？是父親或者母親那邊呢？你一概不想要解釋。

我以為我說錯了話，正努力的想要轉變話題時，你突然又換上了溫暖的笑容，問：

「妳身上有帶手機嗎？」

我點頭，並且從包包裡拿出我的手機；你接過它，在上面快速地鍵下十個號碼，然後我聽見你的手機響起。

「這是我的號碼，我打電話給妳，可以嗎？」

「好呀。」

接著你又在上面輸入什麼，最後才將它交還給我。

「我的名字。」

你說。澈，我看見。

你不問我的名字嗎？我問在心底，沒問出口。

我們之後又聊了什麼我完全性的想不起來了，或許是聊這裡的三明治並不好吃，或許是聊今天的天氣……這方面的話題，我不確定；只記得最後要離開的時候，你抓起了帳單，問我要不要送我回家？

「我住這附近而已，你呢？」

「我們住的比較遠，我開車來，陪妳散步回去，好嗎？」

「好呀。」我說。

和你散步的感覺如此美好，當你在我的公寓下停下腳步並且順著我手指的方向望向我和小松居住的樓層之後，你晃了晃你的手機表示會打電話給我，接著我們互道晚安，道別。

當我爬上樓梯的時候，關於卡布奇諾的女孩和那家咖啡店的名字到底是什麼的問題則被我忘得一乾二淨了。

我只是在想，在你的手機上，我的代號是什麼？對於一個你並不知道她的名字也沒打算問的女孩，你會給她怎麼樣的代號呢？

# 6

第一次接到你的電話時我仍在睡夢之中，而時間是下午。

在那個時期我的失眠已經有了徵兆，只是身於其中的我仍不自覺；小松常被我半夜獨自在廚房煮咖啡所發出的聲音驚醒，當她對我提起這件事的時候，我的腦子裡常會浮現當年父親獨自坐在沙發上抽菸嘆息的畫面。

失眠的話還喝咖啡會更睡不著哦。

小松總是這麼說，然後她會回房間繼續睡她的，我則是繼續待在廚房裡喝我的咖啡，偶爾小松會坐下來陪伴我，但她只喝牛奶或者是一小杯的紅酒，不過牛奶的機率是比較高的。

「是我。」

這是你的第一句話。

我的喉嚨發出了類似夢囈的聲音，神志雖然立刻清醒了，但身體卻疲憊得動彈不得，轉頭望向窗外，第一個念頭是這天已經過去一半了呀？

這天已經過去一半了，我不曉得有沒有說出這句話來，或許只是在腦子裡這樣想而已；當我終於有力氣伸展四肢的時候，只聽見你問我要不要來咖啡館。

咖啡這兩個字像是關鍵似的迅速喚醒我的身體，放下手機之後我立刻下床梳洗仔細打扮，一想到你在咖啡館等待我的這件事情，我的心情就愉快得不得了。

我是喜歡你的，那你呢？這是不是代表你也喜歡我呢？

咖啡館，推開木頭大門，老闆娘抬頭遞給我一個她知道我要喝黑咖啡的眼神，然後我看見你獨自坐在四人座的桌子旁，我帶著笑意在你面前坐定。

在你面前的是一杯已經被攪拌過以至於無從判斷它原貌的花式冰咖啡，但我想大概是冰拿鐵這一類的吧！你好像習慣每次喝不同的咖啡，並且一律都是花式咖啡。

桌子中央還有一盤被吃了幾口的三明治，菸灰缸裡凌亂的擺了三、四根的菸屁股，在你的冰咖啡隔壁則還有一杯看來已經快涼掉的咖啡，刺眼。

原來剛也在呀！

我努力的把失望的情緒從話語裡剔除，以一種像是在談論菜單的口吻說「剛也在呀」；我不想你以為我是個自作多情的小女生，只因為你給了我幾個微笑要了我的號碼而現在又約我一起喝咖啡就單方面的將這聯想為愛情。

雖然實際上那和我的心境的確是相去不遠沒錯。

你好像看穿了我刻意表現的毫不在乎而其實是很介意的彆扭，但你卻不說破，只是點頭表示回應，眼神平靜的就是連「看來這小女生比我想像中的還喜歡我嘛」的味道也沒有，因此我感覺沮喪，我有一種自己是在你選擇之外的難堪，雖然你始終待我以溫柔。

「剛睡醒？」

「嗯。」

「要不要吃點什麼？」

在這個時候老闆娘將煮好的熱咖啡遞上來，當她聽到你這麼問的時候，臉上是一副「拜託，除了咖啡以外，其他的什麼我可不想弄了」的表情。

「不要了，我剛睡醒的話是沒胃口的。」

我說，然後老闆娘鬆了一口氣的樣子，慢吞吞的走回吧台，此時店裡靜得連她擦亮火柴的聲音都清楚可聞，我這才發現原來她今天沒有放音樂，還有，店裡只有我們這桌客人。

「才剛營業嗎？」

「今天的話是的。」

「咦？」

「老闆娘隨她心情開店營業的。」

說完你和老闆娘相視而笑，這是我第一次看見她笑；接著老闆娘又燃起一根香菸，還是沒有想要抽的意思，最後她才像是終於準備好了一樣，開始播放一貫的年紀比我還大的西洋陌生老歌；在這個時候，剛從化妝室走出來。

「原來剛才澈是打電話給妳呀。」

剛甚至還沒有坐下就先說話了，他沒坐在原先的位子反而是換到了我的身旁，動作明顯的將他的咖啡從你的旁邊挪到他的面前，杯子和桌子發出了尖銳的摩擦聲，而剛卻不以為意；接著剛點燃香菸之後，右手把玩著打火機，夾著香菸的左手則順勢靠在我的椅背上；此時你的眼底閃過一絲的不悅，我則是下意識的坐直身體，留意著不和剛有任何的肢體接觸。

「當你告訴學妹這家店的時候我就猜到你八成喜歡這一型的女生。」

「是嗎？」

這好像是你們倆第一次的對話，起碼在我的面前是這樣的沒錯，之前我一直說不上來到底是什麼地方感覺不對勁，到後來我才發現原來是你們之間的相處冷淡到幾乎陌生的地步，甚至對於彼此說的話也不搭腔；但卻又不是那種互相厭煩的氣氛，我實在無法將流竄在你們之間的這種複雜情境仔細說得明白。

「是呀，你不是那種會隨便搭訕女生的個性，不是嗎？」

你沒有搭腔，逕顧著抽菸；然而剛對你的不回應卻好像完全不以為意似的，他僅是藉由喝咖啡的動作來沖淡你的不回應所造成的尷尬；剛一口氣將杯子裡快冷掉的咖啡喝乾，立即又向老闆娘喊了一杯，剛的視線從她的臉上移到我的，然後停駐，像是在觀賞動物園裡的猴子一般地盯著我瞧，也不避諱。

我感覺雙頰發燙，我想我可能臉紅了，我討厭這樣。

剛盯著我的臉好一會，才終於得到一個結論似的，說：

「妳剛睡醒呀？」

「欸。」

「今天沒課嗎？」

「醒得太晚，全蹺了。」

剛笑了出來。

剛的笑聲和他本人不太相襯，那是一種很爽朗的笑聲，很陽剛的；或許在別人看來會認為這是我的偏見，但我真的認為剛是那種陰沉的男人，而的確這也是我的偏見沒錯，畢竟對於截至目前為止只見過第三次面，甚至連深入交談都沒有過的剛而言，我幾乎可以說是完全性的不了解的。

剛在老闆娘為他換上的熱咖啡裡撒入大量的糖並且用心攪拌之後，突然舉杯說：

「敬我們這三個蹺課愛好者。」

我跟著你倆舉杯，剛以他的杯子輕輕碰觸我的，而你卻只是拿起晃了一下又迅速的放下杯子，教剛的動作在空中尷尬的驟然停止；我偏過頭假裝沒有看見，我不知道剛此刻的表情是怎麼樣，而你卻是嘴角微微上揚，笑得有些意味深長。

有好長一段時間你們倆各自不再說話，我只能偷偷用眼角的餘光端詳你倆，像一隻神經緊張的貓，也像是父母冷戰時不知所措的小孩。

「不過澈這樣未免也太說不過去了吧！我以為不帶女生來這裡約會是我們的默契，所以你應該算是犯規的了吧。」

這又不是約會。

我以為你會這樣糾正剛，但結果你沒有；我在想如果你這麼說了的話，我一定會當場哭出來的，一定會很沒用的流下眼淚的。

「這樣對學妹也不好意思呀。」

剛無視於已經尷尬的氣氛，繼續又說；然而我以為剛在對你說話，但此刻他的眼神卻是望著我的。

「約會的話總是希望能到漂亮的咖啡館去吧，女生都是這樣子認為的吧！不是嗎？」

我感覺到難堪，努力盯著天花板，拼了命的忍住不哭。

這是約會嗎？不是呀！如果剛不在這裡的話，或許我會天真的以為這是約會沒錯，但問題是剛也在這裡呀！這怎麼會是約會呢？剛也明白到這一點不是嗎？既然明知如此又為什麼要一而再再而三的開這種無聊的玩笑呢？

「你就那麼討厭我是吧！你哪隻眼睛哪隻耳朵看到聽到這是約會了呢？拿別人的感情來開玩笑你很滿足是嗎？我們甚至稱不上認識，為什麼你要這樣讓我難堪呢？」

回過神來我發現剛仍神色自若的喝著咖啡，原來方才的那番怒吼只存在於我的想像之中；現實中的我只是怔怔的盯著桌面，眼眶或許濕潤了，或許沒有；一切只存在於我的想像中，對於剛的指責我只敢讓它發生在我的想像之中。

「就如你所說的吧，我們就去漂亮的咖啡館約會吧。」

你突然說，抓起我的手，看也不看剛一眼的，就走出了木頭大門。

我感到不知所措，只得傻傻的跟在你的身後，我當時唯一意識到的是你手指的冰冷；然而仔細回想，在那次近乎粗暴的牽手之後，你有好長一段時間沒再碰觸過我的身體，即使是在我們進行所謂的約會時亦然。

在咖啡館不歡而散之後，你帶著我去哪了？我們做了什麼？說了什麼？我相當仔細的回想。

Starbucks，是的，你像是故意似的，帶我到明亮的Starbucks去，我在想或許你這麼做的原因只是為了回去之後，回到你和剛的公寓之後，能夠帶著一股勝利的口吻告訴剛：我們去了漂亮的咖啡館，Starbucks，你滿意了嗎？

我之所以會這麼懷疑並不是沒有原因的，畢竟寬敞明亮又大眾化的Starbucks和你本身的氣質並不相符，而事實上也是如此。

焦糖冰咖啡。對了，你還點了焦糖冰咖啡，你說這是Starbucks的招牌咖啡之類的話，然後你問我要不要也試試？

不要，我討厭甜。我拒絕。

實際上是，我討厭焦糖冰咖啡，那令我想起總在咖啡裡撒入大量紅糖的剛，我討厭你點焦糖冰咖啡，那令我有種其實剛還在這裡的錯覺。

但我什麼也沒說，我故意點了卡布奇諾；我不確定你懂不懂我的意思，不懂也沒關係的，因為我也不理解我在賭氣什麼。

或許在剛看來，他真認為這是我們的約會也不一定，他或許只是尷尬自己當了電燈炮也不無可能，但身處於其中的我卻知道並不是這樣的，甚至我有種多餘的人其實是我的感覺。

對不起。沒錯，你說了對不起，你說那時候突然想到我，突然想見我，於是打了電話給我，只是這樣而已，並沒有想那麼多，你之後好像還替剛說了些什麼好話，只是我不記得了，或許是我沒聽進去也不一定。

我只記得當你送我回家之後，我獨自泡在浴缸時，望著潮濕的浴室，才想起那天我完全沒有進食，但奇怪的是，我並不感覺到飢餓。

# 7

我的失眠越來越明顯了，小松說我實在不應該再喝大量的咖啡；「起碼已經失眠了的話就不應該再喝咖啡了吧？」並且：「再這樣蹺課下去的話，小心大學會讀不完哦。」

我想想也不無道理，所以隔天下課之後就去了百貨公司抱回一台聽那嘴巴充滿蒜頭味道的推銷員聲稱能自己做出冰沙的榨汁機，還有一打的奇異果和豐年果糖。

「為了避免失眠，所以決定少喝咖啡，於是就去買了榨汁機？」

「嗯，是能自己做出冰沙的榨汁機，還有奇異果和豐年果糖。」

「妳的思考方式還真花錢。」

「要不要喝？」

「要。」

把奇異果削皮，加入大量的冰塊以及半杯的果糖，然後按下開關，果汁機轟隆轟隆地作響；在這個時候我的手機響起，一看來電顯示是你，所以我示意要回房間去聽；因為我還沒準備好讓小松知道我們的事。

我們的事?想著想著我自己也笑了出來，我們什麼事?

「男朋友?」

我搖頭。

離開廚房的時候我聽見果汁機的聲音驟然停止，回過頭看原來是小松趁機加入大量的果糖，我嘖了一聲，接起電話，鎖上房門。

「是我。」

是你一貫的開場白。

「上次的事很抱歉。」

我搖頭。

「妳在嗎?」

「嗯，我剛在搖頭。」

「剛說很過意不去所以想向妳賠罪。」

「嗯?」

「上次在咖啡館的事，剛很過意不去。」

「沒關係的，我忘得差不多了。」

「見個面好嗎？我們見個面，還有剛的女朋友也在，可以嗎？」

「好。」

Starbucks——

我推開Starbucks的玻璃大門，在最角落的座位發現你們的身影，先發現我的剛熱情地朝我招手；他坐在你的對面，身邊還有一個臉上堆滿笑意的女生，是的，女生；小麥色的肌膚，誇張的超短髮，骨架寬大，臉蛋卻不相襯的小，是那種就算自稱為女同性戀者別人也不會感覺到奇怪的女生；若不是你先告訴我還有剛的女朋友也在，我會以為她只是你們一個尋常朋友，甚至我會以為，她是一個中性化的男生。

剛對女人的品味令我驚訝，我原以為像他這樣的男人會是偏好女人味又嬌豔且擅打扮的那種女生，而實際上這麼說也沒錯，往後我再見過所有以剛的女朋友的姿態出現的女生，都是我想像中的那類型沒錯，因此我更能明白這女生在剛心裡份量的特別。

如果說以她的容貌出現在剛俊美得幾乎邪氣的臉孔旁實在未免不及，任何人都會這麼以為的，但奇怪的是她本人對於這點表現得似乎不以為意，她以一種自在的姿態出現在剛的身旁，甚至如果觀察更細微的話，更可以發現其實剛對她是極度依賴到幾近撒嬌的程度。

「你染頭髮啦？」

我對著染了金頭髮的剛說，好像隨著這個女生的存在，我們之前的不愉快也不再需要刻意解釋或者多說些別的什麼就自然的化為烏有了。

「是呀，好看嗎？」

「很適合你。」

剛開心的笑，我沒見他心情這麼好過，我以為是那女生的緣故，但後來我才知道，原來我錯得厲害。

「這是我的女朋友小伊。」

我微笑點頭致意，很難想像這樣中性化的女生竟會有個女性化的名字。

「妳就是澈的女朋友呀？」

好奇怪的感覺，之前剛這麼說時曾經令我難堪惱怒，但同樣的話換成自這女孩的口中說出，卻令我感到愉快，甚至是驕傲的；她身上有一抹難以形容的力量，教人感覺如沐春風，我想那應該稱之為寬容，是的，寬容。

「澈是個很好的情人哦，對不對？」

小伊對著剛說，而剛僅是笑而不答，轉頭問我：

「喝什麼？我去幫妳點？」

「黑咖啡。」

我實在不解之前剛還對我喝黑咖啡的習慣感到不以為意，獨斷的認為在他眼中像我這樣的女生該喝的是卡布奇諾，而現在，他卻好像完全忘記這回事。

「真好，真是一對相稱的情人呢！不像我和剛。」

剛離開之後，小伊又說；她的聲音很有磁性，我想這大概是我一開始就喜歡她的最大原因，我討厭高亢尖銳的聲音，那會令我想起小時候的那些婆婆媽媽們。

而你像是要配合小伊的話似的，在這個時候你將手放在我的椅背上，卻維持著不碰觸到我的身體這樣適當的距離。

當剛帶著我的熱咖啡回來時，小伊正說到剛的那位政治家父親。

「可有名的。」

「又在說我的閒話？」

「說你的名老爸呢。」

沒想到剛原來是出自於如此顯赫的政治世家，我在腦子裡拼命的想將剛和他的父親聯想在一起，但卻怎麼也辦不到，就算是想將剛和他所有家族名人放在同一個畫面，亦是絕對困難的事情。

「剛是長子。」

從小伊提起這個話題之後，這倒是你開口說的第一句話；你刻意以輕描淡寫的口吻說出這句無關痛癢的話，像是為了替剛轉移話題，但小伊卻並不打算這麼結束，繼續又說：

「至於是不是獨生子就不確定了，不過檯面上是這樣子的沒錯。」

「我如果能遇到我爸的話，或許可以替妳向他確定一下。」

剛的樣子像是在談論別人的事情一樣，我倒感覺緊張，有一種這是他努力壓抑怒氣之後的結果，甚至如果剛當面叫小伊閉嘴的話我也不會感覺到意外，但沒想到小伊仍是不以為意，抑或她就是想測試剛的忍耐程度？

「至於伯父是不是只有兩個老婆也順便確定一下好了。」

剛笑得有點心不在焉，卻沒有惱怒的樣子；後來我才明白他對於小伊的遷就是如此地深，我沒見過他這麼心平氣和對待其他試圖想談論剛的家族的朋友，剛非常厭惡被別人談論起他的家族，甚至因此當面給人難堪亦是常有的事，但對於小伊可以說是故意的舉動卻異常的寬容。

至於剛對你如何我則不確定，你總是儘量避免這個話題，當旁人無心提起時亦會不著痕跡的轉移話題，我想這大概是出自於你的同理心，你同樣不熱衷於談起自身的相關細節，甚至當你告訴我你的出身時，也是我們認識好久以後的事了。

這大概已經超過剛的容忍程度太多，剛於是對小伊使了眼色，接著他倆親密的走到室外。

「我們出去抽根菸，順便秋後算帳。」

剛起身時笑嘻嘻的說。

我注意到在這個時候你將手臂移開我的身後，你順勢做了個伸懶腰的動作以為掩飾，但這瞞不過我的思緒，因為我早已經把所有的注意力放在你的身上，無法自己了。

如果你願意以十分之一的等份回報予我，那麼我大概會感覺幸福得想要哭泣吧。

一股不自然的沉默取代他們原先的存在，你將視線放向不知名的遠處，並沒有想要化解沉默的打算，這沉默尷尬得如此令人窒息而你卻彷佛毫不自覺，事實上這也是我對你一直以來的感受與心傷，你雖然就在我的身邊，但我們之間卻好像隔了好幾個時空，甚至我經常懷疑我們呼吸的是不是同樣的空氣，我就算能夠感覺到你的呼吸，卻怎麼也捉摸不到你的心。

你的存在總是虛無縹緲，就像是你給我的愛情，儘管如此，我卻仍是執意的，執意的不肯放手。

感覺不到你的心，我們的愛情像是我勉強延長的獨角戲，而實際上我們的愛情也的確只是一場戲。沒錯，只是我明白得太晚。

太晚。

「看得出來他們是表姐弟嗎？」

經過了冗長的沉默之後，你終於開口說話。

我倒抽了一口氣然後才發現我的失態，而你卻是以一種觀察的眼神凝視著我，好像你說出這句話的目的只是為了觀察我的反應，或者應該說是，試探我對於不自然的愛情所能夠接受的程度。

「小伊是剛父親那邊的親戚，我反而覺得小伊比較像剛的爸爸呢。」

「這…樣可以嗎？」

「可以吧，反正他們又不會生小孩。」

「……」

「小伊還是剛的初戀呢。」

你的眼底閃過一絲落寞，那是我第一次看見你的寂寞。

「妳會對於這種愛情感覺噁心嗎？」

「不……只是一時間覺得驚訝而已。」

「有些愛情總是不被祝福吧。」

愛情。

那是我第一次聽見你說愛情這兩個字，以迷離的眼神，眼底甚至不復見你慣有的溫柔。

那天下午剛和小伊離開之後並沒有再回來，對於他們的不告而別，你也只是淡淡的說：可能一時興起回家了吧。

「太早回去的話可能會打擾到他們吧……妳可以陪我多待一會嗎？」

我從你的話裡聽出了性的意味，忍不住皺了眉頭。

其實我說謊，對於所謂不自然的愛情我的確是感覺到噁心的，至於不敢承認的原因則是為了討好你。

我感覺得出來你對於小伊同樣充滿信任，只是你沒有剛所表現的明顯，或許是礙於他們的情侶關係。

我們在Starbucks裡有一搭沒一搭的聊天，話題裡不再有剛和小伊，以及愛情和不倫之戀。

等到天色變黑之後，你陪我慢慢的散步回家，你不習慣一邊走路一邊抽菸，於是我們在途中停下兩次等你抽菸，我喜歡看你抽菸時微微皺眉的表情，在煙霧瀰漫中你的側臉，如此憂鬱如此迷人。

「夏天好像快過去了吧。」

當我的公寓出現眼前時，你突然說了這句話，我還沒意會過來時，你接著又說：

「可以再約妳嗎？」

「好呀。」我說。

好呀。

## 8

我把所有的T恤牛仔褲拿到陽台放火燒掉，然後拉著小松陪我到百貨公司重新買過，我買了大量女性化的上衣、裙子、露趾涼鞋、細跟的那種，我想把自己打扮得有女人味而非原先單調的學生模樣，我要成為你目光的焦點，我要你感覺我的存在。

或許是小伊的出現帶給我某種程度上的不安，因為我感覺到你對於小伊有種特別複雜的情感，儘管她在外表上並不算是特別出色的女生，但不知道為什麼，她的存在之於你和剛所帶給我的感覺是相當微妙的。

說不上來的。

小松問我是不是戀愛了？我只是笑而不語，答案寫在我的臉上，只是我沒有勇氣回答。

我錯過了告訴小松這件事的第一時間，以至於往後不知該如何適時提起，於是就這樣一直錯過了。

離開的時候我堅持又去逛了電器樓層，這次我買了一台三合一的烤箱，可以同時煎蛋、烤麵包還有煮咖啡，我感覺到如獲至寶，小松則說我無藥可救了。

「買了東西會令我感覺到幸福。」

「在我看來妳比較像是藉由購物來填補內心的空虛嘛。」

「可能吧。」

「但為什麼卻是家電用品呢？真搞不懂。」

「我也說不上來為什麼。」

回去之後我站在小松經常停駐的穿衣鏡前，試穿一套又一套的新衣服，心底猜測著不曉得你喜不喜歡我的改變呢？

我一直在等你打電話來，等你打來約我見面，我想像著等你發現我的改變之後，臉上會是什麼表情？是驚喜還是根本沒有察覺？因為我依舊無法成為你目光的焦點？

我不敢主動打電話給你，是怕打擾你，也是怕你誤會我是個愛黏人的女生於是刻意疏離。

我沒有自信，我始終害怕著你的拒絕你的冷淡，儘管你並不曾那麼對待過我，但我就是怕；我無法確定你對我的感情，以至於仍然無法自然的以女朋友的姿態來面對你。

我想我是太沒有安全感。

我在愛情的路上還是個生手，然而第一個愛上的就是像你這樣的男人，這對我而言究竟是幸或不幸呢？我也不確定。

一個讓我太愛太愛的男人。

終於接到你的電話，你約我在咖啡館見面，到達之後，我發現剛並不在這裡；而你看見我之後眼睛先是一亮，然後帶著笑容稱讚我的改變，為此我感覺安心不少。

「剛又和女朋友約會呀？」

「也可以這麼說。」

你說，眉頭皺了起來。

「也可以這麼說？」

你猶豫了一會，才說：

「剛在照顧小伊。」

「小伊怎麼了嗎？」

「嗯……早上去拿過小孩，現在在我們的公寓裡休息，不敢讓她的家人知道。」

剛和小伊的孩子？我感覺到一陣作嘔，強忍住不適的感覺，說：

「你一定很擔心小伊吧?」

「嗯，有點。」

「那怎麼不去陪她呢?」

「本來是這麼打算的，但剛說過意不去讓我冷落妳。」

「沒關係呀。」

你顯然還是過意不去的樣子，但我看得出來你的心確實是擱在小伊那裡的。

「要不我們一起去看她吧?可以嗎?」

「嗯……」你想了想，最後說:「可以呀。」

你開車載我回到你們的公寓，路上你雖然試著和我交談，但口氣卻是明顯的心不在焉，我可以想像此時的你是多麼的心急如焚，因此我更加確信你的心完完全全的放在小伊的身上;嗯心以及嫉妒在我心中交錯，但我不敢表現出來，我一直忍耐著不多說話，直到下車的那一刻我甚至有種不想見到他們的念頭，但結果我卻還是跟在你的身後走進這棟老舊的公寓。

「沒有電梯呀?」

「嗯，因為是老房子了，而且只有五樓，也沒什麼人住。」

「那小伊？」

「我和剛抱她上樓的。」

三樓。

我在心底默唸著三樓，直到看見你筆直的打開一扇房門卻又撲了空之後，這才回過神來隨你又走進另一扇門。

「怎麼跑到我的房間？」

「還是打擾你們約會啦！真過意不去。」

躺在床上的小伊俏皮的說，但看得出來她此時仍舊非常虛弱，至於坐在床頭的剛則是勉強擠出一個表情，我想那應該是微笑。

「小伊說不想躺我的床呀！這女人，真難侍候。」

「澈的房間比較乾淨嘛！再說我可不想躺那張你睡過無數女人的床，哼！」

剛笑著輕拍小伊的臉頰，是的，笑。

「看起來恢復得不錯嘛！不像是才拿過孩子的人，對不對？」

「是月經規則術。」小伊挪了身體把臉靠在剛的手心上，對著你說：

「我晚上可能要睡在這裡囉！澈可不可以抱著我睡覺呢？我一看到這張床的時候就好想讓澈抱著睡覺哦！一定很舒服。」

「在人家面前對人男朋友撒嬌未免也太過分了吧。」
剛的話像是針一般的扎了我一下，我失去了應對的能力。
「有什麼關係嘛！我是病人耶！而且澈又不會動我歪腦筋。」

剛和小伊的孩子。
亂倫的孩子。
剛和小伊的孩子。
亂倫的孩子。
強忍已久的噁心突然湧上我的喉嚨，我感覺一陣昏眩，差點就吐了出來。
你扶住我，擔心的問：
「怎麼了？還好吧？」
「我……沒事就好，那我先回去了。」
我掙脫你的攙扶，雖然跌跌撞撞的但只想馬上離開。
逃離，我需要逃離。
沒辦法再裝出一副視若無睹的樣子了！沒辦法對這一切假裝毫不在乎的接受並且還和你們嘻嘻哈哈的玩笑以待。

怎麼可以這樣呢！剛剛才結束一個生命，一個亂倫的生命！一個怪胎！

「嘿！」

你追了上來，在樓梯間拉住我，我一個重心不穩往後跌進你的懷裡，卻又馬上掙脫。

「我叫林瑾！我的名字不是你的女朋友！我有名字！我自己的名字！」

我低吼著，你一臉的錯愕；我不知道你是錯愕什麼，我也不想知道，起碼現在不想。

「妳怎麼……突然的？」

「你們怎麼可以無動於衷呢？那是亂倫！那是一個生命！怎麼可以坐視自己的朋友亂倫而且還有了孩子，卻又一副沒什麼大不了的樣子呢！」

「小伊拿的……並不是剛的孩子呀。」

「你們覺得這樣子很正常嗎？明明喜歡對方卻又接受對方和不同的人交往上床，你們覺得這樣很……很好玩嗎？你也認同這種關係嗎？」

你沉默了很久，對我而言簡直就像是一個世紀那麼久之後，你才緩緩的說：

「我並沒有覺得那樣很好玩很開放，或者什麼的，只是我不認為那有什麼對錯，他們互相喜歡，只是剛好他們有血緣關係，這樣而已。」

「……」

「至於他們同時還和其他人交往，那是他們價值觀的問題，我並不是那種會把自己價值觀套在朋友身上要求他們也要這麼做的人，再說，我接受他們的價值觀並不就代表我自己也是這樣的人。」

「……」

「只是如果可以的話，我希望妳可以明白，他們愛得也很無助，沒有辦法得到別人的祝福是一件很痛苦的事情，或許不是親身經歷其中的人，實在很難感同身受的。」

「你也身在其中嗎？」

我的話令你一楞，就算我明白現在的情形是不適合再說下去的，不，就算是任何的時刻都不適合再說下去的，但我就是無法控制自己，無法控制自己。

「你其實也喜歡小伊吧！」

「妳怎麼會……有這種誤解呢？」

「只是礙於剛也喜歡她，所以不方便說出來吧！這也是你所謂的不被祝福的愛情吧！你其實也是在替自己解釋，對不對？」

「我喜歡的女生是妳，千真萬確的，或許我的表達方式還沒有辦法讓妳明確的感受到我對妳的心意，可能是我面對愛情的態度並不像剛那麼強烈，我需要慢慢來，慢慢來，但真的，我喜歡的人是妳，不是小伊。」

「我覺得好丟臉，我一直拼了命的想在你面前表現出最好的一面，但結果我卻是一直在你的面前丟臉！」

累積了一整天的情緒終於在此刻藉由眼淚爆發出來，我在你的面前止不住的哭泣，我原以為你會傾身抱住我，輕拍我的背，或許還會順勢吻我也不一定。

但結果你沒有。

你只是看著我，以你一貫的溫柔眼神，看著我，在你面前哭泣。

儘管你親口說了你喜歡的人是我，就算你說了再多遍發了再多誓，但我就是不能放心。

不能放心。

# 9

對於那場哭泣我一直感覺後悔，後悔的並非哭泣的本身，或者對你說出了真正的想法以及懷疑，而是我害怕你會將這件事情轉述於剛，我甚至就是連向你確認的勇氣也沒有。

我只要一想到剛聽完之後會有的反應，我就感覺到相當不好受。

只是我沒想到那是我最後一次見到小伊，那天晚上你打電話來問候我心情好些沒？我們客套的應對幾句，確認尷尬以及誤解化開之後，接著就像從前那般的聊天。

和你的本人比起來，我是比較喜歡電話中的你的。

電話中的你彷彿只屬於我一個人似的，我不用擔心剛會在身邊不時的插話進來，也無須在意你的眼神是放在哪個方向。

我真的好想，好想好想獨佔你。

你從「我今晚是在剛的房間睡覺」開始聊起，不知怎麼的，就說起了小伊要出國的這件事情。

「呀？怎麼……這麼突然？」

你解釋說你們三個人談了一整晚，並且其實也不是突然決定的，而是一直就在考慮中的事情，只是經過這一次的事件之後，讓小伊終於下定決心轉換環境也好，或許就這樣結束這段不正常的關係也好，等等等等。

我的思緒一直停在你所謂的「這一次的事件」，指的是墮胎？抑或我的猜疑呢？但隨之又對自己的多心感到可笑，未免也把自己想得太重要了吧！我對小伊而言甚至連朋友也稱不上，哪來的份量左右她的決定呢？

我感覺到輕鬆不少，並不是因為小伊的終將消失，而是這次的爭執並未對我們的關係留下裂痕。

其實我並不討厭小伊的，隨著你解釋對她並沒有任何愛情的意念之後，我就更沒有道理討厭她了。

每當走在街上看見那些打扮中性的女生時，仍舊會下意識的想起小伊，不知道她此時此刻過著怎麼樣的生活？能不能有一段正常專一的愛情呢？

甚至我在想，如果小伊能始終待在我們身邊不曾離去的話，或許對我們三個人而言反而是種幸福也不一定，或許。

畢竟她也是牽扯其中的人呀！

掛上電話之後我是怎麼也睡不著的了，小松今晚在男朋友家過夜，一個人的房屋顯得有點空；坐在沙發上無聊的轉換著頻道，突然想起上次買的那台三合一烤箱至今還沒使用過，索性就把它搬到客廳的桌子上，拆開包裝，放進一片吐司，打了一顆蛋，注入適量的咖啡粉。

咖啡待會可以配著煎蛋喝，至於吐司則是純粹的試驗功能罷了。

淋上一圈醬油，用筷子壓下蛋黃，濃稠的黃色汁液散溢開來，我喜歡吃半熟的蛋淋上醬油，醬油色佐以蛋黃色，鮮豔，每當這鮮豔的汁液滑入我的食道時，我總有種吃進去的是一種生命力而非單純一顆蛋的感覺；但小松總說那是噁心，她的習慣是全熟的蛋撒上鹽巴，我們兩人的飲食習慣向來就是兩極化。

咬下第一口蛋的時候，又想起和小松曾有過的對話：

「我覺得被妳愛上的人是極幸福又極不幸的吧。」

「怎麼說？」

「就像妳對這些電器的態度。」

「唔？」

「剛買來的時候，妳會將所有的心思放在它上面，幾乎可以說是妳生活的全部了，但是等到妳又買來新的之後，原先的就會被妳完全棄之於不顧了。」

「什麼意思？」

「妳對電器的態度就像對待愛人，是用所有的生命陷進去愛情的，但是一旦不愛了，卻又能立刻完全抽離吧。」

「是這樣的嗎？」

「我的直覺吧。」

「天曉得。」

天曉得。

視線放回電視，正在播放著一部不知名的電影，怎麼看都不是會引起我興趣的那種，場景是北愛爾蘭，時間則是愛爾蘭脫離英國獨立？

不曉得，我對已經成為過去的事情完全性的沒有概念，也沒有興趣。

以貧窮為主軸，透過小男孩的眼睛來檢視他所經歷的成長：堅持要窮得有尊嚴的沒用父親，雖然不得志卻天生樂觀，擅長說故事卻擺脫不了酒精的誘惑，總是不負責任的把領來的救濟金拿到酒吧買醉，連爺爺寄來給新生嬰兒的錢也不放過；生了七個小孩卻因為貧窮死了三個的母親，不認命卻又不得不認命；在反覆的貧窮、死亡、宗教的元素底下，吸引我繼續往下看的，是小男孩在面對第三個弟弟死亡時的旁白：他們應該聽聽我說話的。

他們應該聽聽我說話的，我在心底默唸著。

結局是父親不得不面對現實去了他所憎恨的英國謀生然後了無音訊，小男孩在十八歲生日時由某個長輩在酒吧請他喝了生平第一杯酒，當晚他喝得爛醉回家，模樣和當年的父親如出一轍……

令我眼眶濕潤的一幕是，存到錢買了船票即將隻身前往美國的男孩，在最後一夜全家為他餞行時，剛好也是月蝕的夜晚，全部人跑出來目睹月蝕的整個經過，一邊喃喃著「我這輩子大概看不到第二次了吧」一邊陸續走回房子，留下十八歲的男孩怔怔的繼續望著月亮，他看到再一次的黑暗，等到黑暗過去之後，出現在他眼前的是過去的自己，站在面前，和他道別。

在這個時候我轉到節目表看了片名——《天使的孩子》。

再轉回去的時候，男孩已經站在船上即將抵達美國大陸，而他期待已久的自由女神就在他眼前，對他微笑。

關了電視離開沙發，我站在房門前望著滿室的黑暗，以為也能看到過去那個還沒長大的自己，但結果沒有。

睡前我問了自己一個問題——嘿！妳長大了嗎？
然後我閉上眼睛，睡去。

# 10

醒來時我的第一個念頭是——呀？秋天到了呀！

回想已經成為過去式了的這個夏天，無疑的可以算是我人生中最重要的一個季節吧！這麼說應該沒錯；首先我從高中生變成了大學生，然後我離開了生活十八年的家第一次獨居在外，還有，我遇見了你。

我遇見了你。

遇見了你。

遇見你。

你。

那麼，這個秋天呢？遇見你之後的第一個秋天呢？往後我回想起這個秋天，總是感覺好像發生了很多事，但實際上要說來卻又無法精準的指出一、兩件，然而很多的事情，早在不知不覺中悄然展開——

若不是前一晚你在電話裡約了我在咖啡館見面，恐怕我又是睡去一整個白天，然後一整天的課也沒去上的吧。

在走去咖啡館的路上，我才想起好像自從第一次在圖書館裡遇見你之後，就不曾再見過你穿高中制服了。

這大概代表你去上課的次數也越來越少了吧。

敬我們愛蹺課一族！

突然又想起剛曾經講過的。

不知道他今天會不會也在咖啡館呢？電話裡我並沒有問，儘管我是多麼的渴望能夠只是和你約會，只有我們兩個人獨處的時光，但我卻怎麼也提不起勇氣開口要求，我甚至就是連開口問：「剛也在嗎？」的勇氣也沒有。

我發現每次和你的見面，好像只有那次在咖啡館我們三個人不歡而散之後，才有那麼一、兩次的機會吧！我們兩個人獨處的機會竟是這樣少得可憐。

究竟是為了什麼？你們兩個人這樣形影不離？

我從你們身上看不出來感情濃厚的味道，雖然並不至於到互相討厭的地步，但你們對待彼此的方式的確可以說是極度冷淡的，你們甚至是互相不搭話的；除了有小伊存在的那兩次之外，就再也不見你倆熱絡的交談過了！

小伊的存在彷彿某種奇特的元素溫和了你們兩人之間僵化的氣氛，而我能不能取代小伊存在於你們之間呢？我懷疑。

後來我才知道，我的確是無法取代小伊的，儘管我參與了那場風暴，不，應該說是我引燃了那場風暴，然而我並無法取代小伊在你們之中的角色，始終。

因為你們帶領我走進那個不為人知的神祕世界，而小伊早是那世界的參與者，至於我，則從頭到尾的是個旁觀者，儘管在風暴褪去之後，亦然。

那麼，小喬呢？

第一次聽你們談起小喬，是在你們公寓的客廳裡。

像是謹守原先的約定似的，當你和剛在咖啡館時，我們便不會在那裡進行所謂的約會，而你說的在咖啡館見面，也真的只是在咖啡館見面，等我一出現之後，你倆便立刻喝乾了咖啡然後起身買單，接著我們三個人再前往另一家咖啡館——剛所謂的漂亮咖啡館，有時候則是哪也不去的就待在這個客廳，有一搭沒一搭的閒聊，或者，見過剛一個又一個所謂的女朋友。

剛總是介紹她們為「我的女朋友」而非各自的名字，可能是他認為沒有必要（而果真也沒有必要），也可能只是剛自己記不得罷了。

剛的女朋友一律都是極富女人味的女生，並且年紀大於他者多，身材豐滿，氣味嫵媚，穿著雜誌上抄下來的穿著，化著細緻的淡妝，一個個都像橡皮糖似的黏在剛的身上，在旁人看來，好像是流浪狗拼命搖著尾巴乞求剛的注意。

剛很喜歡替他的女友們搽指甲油，尤其是鮮紅色的，那是剛一貫的調情前戲，接著剛便會開始將手伸進去她們的衣服裡、裙子裡愛撫著，也不避諱我們的存在，這個時候你總是沉默的多，像是習慣了，也像是不以為然。

到後來我們總在剛開始搽指甲油時便識趣的提早離開，有時你會帶我再回到那咖啡館，但絕大多數的時候，你總是直接送我回家，我沒問過你為什麼，也沒和你談論過剛的行為；或許在別人看來，我竟是連拼命搖著尾巴乞求主人關心的流浪狗也不如的吧。

在你的面前我總是缺乏自信，而你對於這一點卻毫不自覺，或許你只是不在乎也不一定。

所以這天我隨著你回到公寓卻只見剛一個人獨自在抽菸時，自然是相當驚訝，從你們簡短的談話間，才知道原來剛今晚就要回家一趟。

當時逕自抽著菸的剛異常的焦躁不安，然而我卻沒有察覺這點，或許是因為當時我滿腦子都塞滿了終於能和你獨處的快樂，我甚至得花費好大力氣才能壓抑下想要催促剛趕快離開的衝動。

然而當我往後回想起這天時，卻驚訝的發現畫面裡並沒有你的存在！

始終是我記憶裡的那個客廳，剛獨自坐在桌子旁抽大量的香菸，一根接著一根，和坐在身旁的我交換一、兩句日常生活的問候，彷彿電影的長鏡頭——若是平靜的回想著，便能輕易的發現，那幾句的簡短話語已經是當時的剛所以做到的極限了。

在我記憶所及，你開始出現在我的畫面裡，是因為剛問了你小喬這幾天是不是會來找你？

那是我第一次聽到這個名字，可笑的是，最後和我談起你的，也是這個名字。

「小喬？」

我問的人是你，但結果回答我的是剛，此時的剛彷彿已經脫離了方才的焦躁，或者應該說是，他把注意力從方才焦躁的情境轉移到小喬這個人身上，而顯得輕鬆許多；剛捻熄了那天最後的一根菸，我以為他要離開了，但沒想到他是想繼續和我談論小喬這個人。

「小喬是他哥哥的女朋友。」

「你有哥哥？」

「嗯，不過已經死掉了。」

我看不出來你是不是想繼續這個話題，因為你從來就抗拒提起關於自身的一切，但顯然你對剛並不會如此，因為他彷彿熟知你的一切，關於這點，我對他感覺到嫉妒。

「澈沒跟妳提過他哥哥？」

你搖頭，我有種自己並沒有真正進入你的世界裡頭的尷尬。

「哥哥和我是同母異父，但我們感情很好，那對我們並不造成問題。」

「澈是混血兒，他哥哥不是。」

「是母親那邊嗎？」

「爸爸。」

「妳知道嗎？澈的媽媽以前還是明星哦。」

「也不是什麼有名的明星，沒什麼值得說的。」

你凝視著剛，強烈表達出你並不想繼續這個話題；而剛倒是無所謂的聳聳肩，一副這也沒什麼好避諱的神情，但我還是打消了想繼續探聽下去的念頭。

剛起身，再從他的房間走出來的時候，手中多了一袋行李，份量好像只是外出過個夜而已，我甚至有種那裡頭並沒有任何行李的錯覺。

「車子給你用吧，這樣小喬來的話你們也方便些。」

「那我送你去車站吧。」

你示意我留下來等你，接著你們就雙雙離開了。

這是我第一次仔細觀察這間公寓，我發現這裡除了最基本的傢俱以供生活機能之外，幾乎就再也沒有別的什麼了，就連電話也沒有。

廚房是一副從來沒被使用過的模樣，裡頭有一個家庭號的大冰箱，打開來清一色的只有飲料：沛綠雅、海尼根，和各種廠牌的鮮奶，顯然你們是不喝罐裝咖啡的，也不自己煮咖啡；客廳就是一張桌子和幾張坐墊還有一台大電視，如此而已，大得有點空洞的客廳。

我看了看手錶，計算著你應該還有一段時間才會回來，所以便推開那扇半掩的門，這是我第一次走進你的房間：一張大床、一個衣櫃，還有一個落地的陽台；陽台外擺著一張躺椅，躺椅旁有一個塞滿菸蒂的水晶菸灰缸和幾只空酒瓶，你的房間沒有書桌也沒有電腦，連接陽台的牆壁邊堆滿大量的書，一落一落的，有一落是你提過的三島由紀夫，但我並沒有翻閱的念頭，更多的是日本作家的書，很多是耳熟能詳的、更多是沒有人討論過的，再其他的則是大量的原文書；我沒有發現任何色情雜誌，這點讓我有些意外。

回到客廳的時候，我有種彷彿與世隔絕的孤獨感。

我突然有種念頭，那就是你們好像隨時可以消失，就像是剛那樣，只消一只行李袋，在離開的時候順手把手機扔進垃圾桶裡，就這樣，我就再也無法找到你了；我對於你的認識僅止於我遇見之後的你，你不但不願談起自身的一切，就是連別人對我談起也不願意。

這是遇見你之後的第一次，我想逃。

我於是抽出一張面紙，拿出水性筆在上面簡短的寫下「先走了」，然後我就離開了。

我招了一輛計程車到百貨公司，我想隨便買點什麼，什麼都好，所以我先在一樓的化妝品區隨意亂晃，無心無緒的聽著黑衣服的專櫃小姐介紹這一季最新的彩妝，我怔怔的望著鏡子裡的自己，怎麼看都不像是一張被愛著的臉，一陣酸楚湧上心頭，再也顧不得什麼的就往廁所跑去，我把自己關在最裡頭的一間化妝室，抱著膝蓋矇著臉哭了起來。

哭完之後我洗了把臉，決定走路回家。

一路上我都在思考一個問題，那就是為什麼我要哭？或者應該再往前推：為什麼我要離開？

本來我應該是歡天喜地的等你回來，順利的話或許我們會度過認識以來的第一個夜晚，或許我們還會做愛，然後我會疲憊的在你懷裡睡著，醒來之後對於我們更進一步的關係感覺到前所未有的幸福，回家之後迫不及待的想要告訴小松，傳說中的你就是我的男朋友，然後小松會又驚又喜的怪我為什麼遲到現在才告訴她？

應該是這樣的不是嗎？但結果卻不是，為什麼卻不是呢？我真的也說不上來。

走了好長的一段路，當我的公寓出現眼前時，我看見你的車停在路邊，同時你也看見我，你朝我按了喇叭，我楞在原處不知所措，於是你下車，問：

「怎麼沒開手機呢？」

我這才發現原來我手機早沒電了。

「怎麼突然走了呢？」

你又問了第二個問題，臉上的焦急更深了些。

「我不知道。」

「妳哭了？」

然後我又沒用的流下眼淚，哭著說：

「我覺得一切都不對勁，我說不上來是怎麼了，但就是覺得不對勁……」

然後你將我擁入懷裡，你第一次擁抱我，第一次。

「別想太多了，明天陪我一起去見小喬好嗎？」

我點頭，把臉頰貼在你的左胸口。

「她是我最重要的親人……」

你呢喃似的說，然後低下頭，吻我。

這是我們第一次的擁抱，第一次的接吻，因為這樣，這個街角成為我回憶裡的經典畫面。

我不記得是怎麼和你道別怎麼上樓的，只記得當我目送你離開的時候原先的不安早已消失無蹤，取而代之的是滿溢的幸福感。

回到家時才發現桌上小松留的紙條，上面寫著：「今天不回家過夜了，P.S.妳的手機沒開。」

見到小喬之後我才明白為什麼你會說她是你最重要的親人了。

在你來接我的時候，你看起來心情很好的樣子，你甚至難得主動談起你的過去。

「我們家有很多不堪的地方。」

這是你的開場白。

「不堪？」

「妳昨天不是問我，外國血統是父親還是母親那邊？」

「嗯，你說是父親那邊，對吧？」

「是呀，但如果妳再往下問是哪一國人的話，答案是我也不知道，或許那女人自己也搞不清楚也不一定，總而言之，我是個父不詳的小孩。」

「那女人？」

「把我生下來的那個。」

你的眼神黯淡了下來，我以為你不願意再說下去了，但沒想到你繼續又說：

「我身分證上的爸爸是哥哥的生父，那女人搞外遇時不小心給搞大了肚子才會有我，不過我也沒見過哥哥的爸爸，大概是哪個有錢的老頭吧！」

「哦……」

「那女人是被包養的小老婆，不過我哥哥也沒見過他爸爸幾次。」

「為什麼？」

「小時候我們和外婆住在一起，她之所以願意照顧我們的原因是只有這樣那女人才會給她錢，不過我們也是後來才知道她是外婆，小時候一直以為她只是奶媽或傭人，那女人不肯承認她們是母女，因為嫌她又窮又老吧！誰曉得，連外婆死了也沒見她來送葬。」

「什麼時候的事？」

「我國中的時候，外婆死掉之後哥哥就帶著我另外找了公寓住，還約定好不告訴她這件事，但我想反正她也不在乎吧！搞不好她連自己已經少了一個兒子也不曉得。」

「你沒告訴她你哥哥過世的事？」

「對。」

你對於母親的憎恨遠遠超過我的想像。

「你哥哥……過世多久了？」

「六年了。」

你精準的說，幾乎是連計算也不用的，感覺好像是你一邊數著哥哥死去的日子一邊繼續過生活似的。

「所以是你高中時候的事囉？」

「高二那年。」

「這就是你繼續穿高中制服的原因嗎?」

你楞了楞，笑。

「算是吧。」

你最後說。

你和小喬約在Starbucks見面，下車時我好奇的問怎麼不去那咖啡館呢?結果你笑說小喬討厭菸味，幾乎可以說是誓不兩立的那種程度了。

「看到她時可別嚇一跳哦。」你又說。

但結果我看到小喬時還是嚇了一跳。

小喬也是個作男裝打扮的女生，但和小伊不同的是，她明顯的看得出來是女生，也就是說，故作中性化的打扮仍遮掩不了她原先的女人味，或許是她身材瘦小的關係，但我想那應該不是主要的原因;出現在我面前的小喬，很像是直接從日本流行雜誌裡走出來的人一樣，我幾乎是不需要理由的就馬上喜歡上她了。

小喬一見到你時，毫不掩飾的尖叫一聲，然後從座位上跳進你的擁抱又親又叫的，完全無視於旁人的側目，奇怪的是她的親密舉動並不會引起我的嫉妒，因為她的神情好像是見到久違兒子的母親。

你笑著揉著她的茶色短髮，小喬還是一直興奮的嘀嘀咕咕著你又長高啦長壯啦之類的話，好一會才想到什麼似的，以一種帶著歉意的開朗笑容看著我，說：

「抱歉抱歉，看到小澈太興奮了！一時間忽略妳了，妳就是小澈提過的那個女生吧！真是個美人呢！跟我們家小澈好配哦。」

「我叫林瑾。」

「好好聽的名字哦！一定也喜歡自己的名字吧。」

「不──」

「但是好瘦哦！再吃胖點比較好哦。」

小喬捏捏我的手臂，你見狀拉下她的手，和她手牽著手前後搖晃著，說：

「妳講話的口氣真是越來越像老媽子了妳。」

「嘖！先去點東西啦你。」

小喬把你支開後，仍舊興奮的說起當初你們一起生活的情況，完全沒有初見者的生澀。

「那兩兄弟呀簡直就當我是老媽子一樣喲！我不但每天去煮晚餐給他們吃，就是連房子都是我負責打掃的耶！哎！男人喲！」

「你們那時候住在一起呀？」

「也不算啦！因為本人家教甚嚴，所以呀時間一到浩還是得送我回家，我最喜歡浩送我回家時的那段路了！哈！因為少了小澈這個跟屁蟲嘛！哈！不過呀！如果那時候真能住在一起的話就太幸福了。」

這時候你端著兩杯咖啡回來，一坐下來就說：

「這女人八成又在說我們壞話了吧！再繼續像個老媽子囉囉嗦嗦的話可是會嫁不出去的哦。」

「我本來就打算不嫁了。」

氣氛有點沉悶，我想你們大概是同時想起你的哥哥吧。

突然小喬拿出她的皮夾，用下巴遙指著裡頭的照片，問：

「像嗎？這樣的我和永遠的好。」

「嗯？」

「這就是浩，永遠的二十歲。」

你眷戀的凝視著照片，一句話也說不出來；而我仔細的望著照片，驚訝的發現你的哥哥竟和剛還有幾分神似，雖然是感覺完全不同的兩個人，但乍看之下還真是會教人倒抽一口氣，不過我並沒有說出來，只是搖頭，誠實以告：

「不像。」

你聽了之後開心的笑，幸災樂禍似的說：

「早告訴妳了，妳再怎麼學哥哥的樣子打扮還是徒勞無功的，趕緊變回妳的女兒身吧。」

「不要。」小喬賭氣的說，「你根本不懂，我這是代替浩活下來。」

「真是夠蠢的。」

「是……怎麼發生的呢？」

「服用藥物過量。」

「那個庸醫，我那時候堅持要告他的，結果這傢伙卻說算了！真是什麼嘛！」

「告了也於事無補呀。」

「哼！」

小喬還是嘟著嘴，過了好一會才重重的嘆息著，說：

「好孩子為什麼會早死呢……」

你苦笑著，看起來很難過的樣子，我於是握著你擱在桌上的手，你便將我擁入懷裡，沉默。

接著你們又聊了一會以前的往事，在談話中夾雜著分別以後的生活片段，然後小喬還問了我們遇見的經過，聽了之後感嘆的說：

「早知道浩會走得這麼早，那時候就把孩子留下來算了。」

「吭？」

「開玩笑的啦！哈～～」小喬像是惡作劇得逞似的開懷大笑，「不過那時候如果能有浩的小孩該有多好……就這樣什麼也沒留下來的孤獨死掉了……」

「嗯。」

你有些哽咽，不太明顯的。

「不過你也真是太過分了，把浩的骨灰撒入大海也就算了，竟連告別式也不辦，真搞不懂還是高中生的孩子為什麼卻有這種奇怪的想法呢！真是的。」

「我只是想或許哥哥會希望我這麼做吧。」

後來你才告訴我，其實那是你哥哥本人的意思，你還說他其實是自殺，只是為了顧及小喬的感受，所以你才決定騙她的，但為什麼卻自殺呢？你不肯說。

只是，你們瞞著小喬的，又何只這一件事而已呢？

那天我們續了好幾杯咖啡，直到入夜了，才依依不捨的道別，離開的時候你問小喬要不要乾脆在你那過夜就好了，但小喬搖搖頭，說她已經訂好了飯店，還開玩笑的說寧願去飯店給人侍候也勝過在你的公寓裡當老媽子。

那時候我才知道原來小喬在你哥哥過世之後就獨自到日本求學了，這次回台灣還是特地繞道過來探望你的。

「每次坐飛機的時候，看到底下的太平洋總還是很想哭呢！」

有一次小喬這麼對我說。

# 11

小喬來的這幾天，我們三個人幾乎從早到晚都待在一起，有時候是哪也不去的就待在她的飯店房間裡看電視，餓了就叫Room Service來吃；有時候就開著車到處亂晃，看到好像不錯的咖啡館就停下車走進去，不管是在哪裡，我們都是一直一直的聊天，不斷不斷的說笑，我甚至能夠篤定的說，那是我人生中最快樂的一段時光。

那你呢？

在小喬的口中，我們常去的那咖啡館是不用推開大門就能夠聞到滿屋子菸味的地方，至於剛則是長得漂亮的沙文豬；小喬對剛討厭得很明顯，不只是不願意踏進你們的公寓，就是連客套性的見面也不願意。

小喬以一種我無法理解的姿態強烈拒絕任何與剛相關的一切，於是小喬拒絕你和剛見面的要求時，你也只是為難的苦笑，不勉強小喬，也無從勉強起。

當你離開去接剛時，小喬像是要為她對於剛的討厭下註腳似的，不等我問，就自顧著說：

「我是那種討厭某個人之後，就會一直討厭下去的人，就算對方示好，我也絕對不會改變我的初衷的。」

「但究竟是為什麼呢？妳這麼討厭剛。」

我沒有見過他們兩人相處的情形，也沒聽說過他們發生任何明確的細故，所以我對於小喬幾乎可以說是堅決討厭剛的這件事，自然是相對無法理解的。

「因為他把小澈給帶壞了。」

「咦？」

「開玩笑的啦！只是純粹看不慣他對待女人的態度，玩世不恭的，如果剛生在民國初年的話，想必也是那種在家抽鴉片、出門還提著鳥籠遛鳥的公子哥，專長是敗家還有讓別人傷心。」

我在心底想像著小喬描述的剛，忍不住莞爾一笑。

「其實呀，」小喬把話說了一半，像是終於做好決定之後，才說：

「我一直覺得剛長得和浩很像。」

「嗯。」

「所以對他才會更加敏感，把他的行為都放大來看，每次看到剛的行為，總覺得好像看到變壞了的浩，雖然也明白他們是兩個完全獨立的個體，但是呀心還是會隱隱作痛的，所以就乾脆眼不見為淨算了。」

「我大概明白妳的意思吧。」

「不曉得是不是浩走得太早的關係，浩可以算是我見過最真最善良的人哦。」小喬嘆了口氣，又重複了一次：「好孩子為什麼會早走呢……」

這個時候我還不曉得浩其實是選擇了自殺，但我真以為你在小喬離開之後才告訴我這件事，對我們當時的情形來說的確是最好的做法吧。

「好像只是一轉眼的事呢！但現在的小澈都已經比當時的浩還大了呀。」

「真的不會再愛上別人了嗎？」

怎麼有把握呢？

「嗯，我確定再也不會遇見那麼對的人了。」

「但是……」

「這可不只是漂亮話而已哦！我有十足的把握能夠做到的。」

「怎麼做？」

「把心關起來就好了。」

「把心關起來？」

「嗯，把心關起來了，只要這麼做的話，就再也不會對誰動心了。」

把心關起來呀……

「所以才無論如何也不想見剛嗎？」

「咦？」

「無論如何也不想見長得像浩的剛呀。」

小喬開心的笑著，故作神祕的眨了眨眼睛，而答案卻是盡在不言中。

「就算剛改變了個性的話也不心動嗎？」

「他不會變的。」

「嗯？」

「他是那種本質永遠不會變的人，和小澈一樣。」

「本質永遠不會變呀……」

「但妳不是。」

「咦？」

「我看得出來哦！妳和他們是完全不同的人。」

「唔？」

「我也不知道該怎麼解釋才好，但我就是這麼感覺妳。」

「這樣好嗎？」

「該怎麼說呢……應該說是這樣對自己最好吧。」

是這樣的嗎？

「雖然我並不十分確定，但我猜搞不好妳還是小澈的初戀哦！」

「不會吧。」

「我猜啦！呵！因為妳是第一個小澈介紹給我認識的女孩哦！」

我感覺到好虛榮，我想我現在的臉可能已經紅得像顆熟透的桃子。

「該不會是哄我的吧。」

「呵！真的是這樣哦！說出來真是難以置信對不對？」

「是呀，澈的女生緣應該從以前就很好吧，我還是覺得不太可能欸。」

「或許是小澈比較不容易對女孩子動心吧。」

「好像是吧，不過澈是我的初戀哦。」

「好好哦！我是真的真的很希望你們能得到幸福哦。」

「我的確是……已經感覺到很幸福了。」

小喬微笑的望著我，眼神像是個慈愛的母親，即使是連我自己的媽媽，都不曾以這樣的眼神凝視過我。

「不會說出去吧？」

「什麼？」

「我說剛長得像浩的這件事呀。」

「好，但是為什麼呢？」

「其實我也不確定是不是只有我一個人這麼感覺，我們從來沒有討論過這件事，雖然每次和小澈見面總是會無可避免的回憶起浩，但是對於某些方面的事，我們總是巧妙的避而不談，但如果要明確的問究竟是哪方面的事，我是沒有辦法說清楚的。」

「是因為真正的心意總是難以輕易洩露吧。」

「是喲！很多事情我其實都有感覺的，只是說不出口而已，畢竟做不來坦率的人嘛。」

「妳很坦率的。」

「只是裝出坦率的樣子，但其實我這個人呀最虛偽了，總是覺得有些事情不知道比較快樂吧！真是傷腦筋的個性哪。」

「這樣對自己最好吧。」

小喬笑著給我一個擁抱，用一種叮嚀的口氣要我好好照顧你。

「妳要走了？」

「呵，我喜歡不告而別，偷偷溜走的感覺很好玩的。」

「真是的。」

「如果小澈發現我逃跑而難過得哭了的話，可一定要告訴我哦！哈！」

然後小喬留下她的電話給我，這串號碼連繫了我們往後的友情，然而當事情發生的時候，我卻沒有勇氣按下這串號碼，或許是因為小喬說過的話已經烙印在我的心底

——

有的時候知道事情的真相反而不快樂喲！

不知道比較快樂吧！

不知道比較快樂。

# 12

小喬走的那個下午我們並沒有再見面，我打了你的手機告訴你小喬已經離開的事，你的聲音聽起來很疲倦的樣子，話語裡有種你早猜到小喬會這麼做的味道；我感覺不到你有想再見面的意思，所以我們只是簡短的聊了一會就互道再見了。

學校沒課，又不想那麼早回去，我於是獨自去了咖啡館，但我沒想到竟會在那遇見剛，而且他還是一個人。

這好像是我第一次看見剛獨處，而剛看見形單影隻的我時，他的驚訝並不亞於我。

「你們沒約會呀？」

「我以為澈會和你在一起的。」

「哦？」

剛瞇著眼睛像是在思考著什麼事情，我看見煙霧中他的側臉竟也顯得迷離，彷彿隨著那根菸抽盡時，他的存在也會隨之消失殆盡似的；我們一直沉默到老闆娘送上我的黑咖啡，這時候剛向她要了一杯調酒。

長島冰茶，剛說。

剛話話的語氣裡有和你方才同樣的疲憊，恍惚之間我竟有種此刻在我面前的人其實是你的錯覺。

「大白天的就喝酒呀？」

「是呀，突然很想喝酒。」

剛看起來異常頹廢，他像是要為自己的無精打采道歉似的，微微上揚的嘴角留著一抹強顏的笑，我第一次看見這樣的剛，隱藏於平時不可一世底下的脆弱面，不設防的。

我在心裡揣想剛是不是不願意被打擾時，他就開口主動聊起，把話題又轉回你的身上。

「這麼說來的話，澈又是一個人跑去躲起來囉。」

「躲起來？」

「嗯，那傢伙有時會這樣，把自己藏起來誰也不想見，八成是月經來了吧。」

「吭？」

剛有氣無力的笑著，說：

「我覺得其實男人也會來月經的，只是流出來的血是無形的罷了。」

「唔……」

長島冰茶送上來，剛迫不及待的就喝去半杯，他一邊告訴我這種酒喝來像汽水似的，可後勁卻是很強之類的話，一邊卻又馬上把剩下的酒一口喝乾，隨即又要了一杯，看了教人不由得為他捏一把冷汗。

「你還好吧？」

「放心，這點份量難不倒我的，妳知道嗎？我爸爸是那種能一口氣喝乾四杯長島冰茶還面不改色的人哦！我一直就很想挑戰他這點。」

「但拜託別選在我店裡挑戰吧。」

我們同時抬頭，看到送上第二杯冰茶的老闆娘臉上寫著難得一見的笑意。

「放心放心，要不待會也給我一杯黑咖啡醒醒腦好了。」

剛哈哈的乾笑著，我懷疑此刻他已經是微醺了。

「妳和妳爸爸親嗎？」

剛沒頭沒腦的冒出這個問題。

「我們不但不親，而且可以說是疏離。」

「那和我差不多嘛。」

剛繼續又喝乾了第二杯冰茶，當老闆娘送上他的黑咖啡時，他一貫的撒著大量的紅糖，可卻重心不穩的撒出許多在桌上，我見狀只好接過他手中的糖匙，一直替他撒糖直到他點頭為止才停下動作，我攪拌著咖啡直到確定那裡頭大量的糖已經完全溶化，然後才將咖啡還給剛，這個時候他已經接著抽第二根菸了。

「小時候……」剛清了清喉嚨，拿著菸的左手支著額頭，過了好一會才又接著說下去。

「小時候有一次，我那時候還是小學生吧！有一次我爸爸把我抱在他的膝蓋上，他很少這樣，他一向就忙，就算有空的話也淨是和我妹妹說話。」

「你有妹妹？」

我隨意的找了個問題問，我一直留意著剛充滿血絲的細長眼，他看起來狀況很糟的樣子，像是明明疲累不堪又不肯承認而強打起精神的倔強；我向老闆娘要了杯熱開水給他，但剛卻搖搖頭把熱開水又推給我，不放棄方才未說完的話題：

「他那次把我抱在膝蓋上和我說話，我覺得好快樂，好像整個人快要飄起來了一樣，很想一直就這樣坐在他的懷裡和他說話，那是他唯一一次這樣抱我、這樣和我說話，但結果他竟是對我說：我覺得我比較疼妹妹而不是你。」

「把這杯熱開水喝了吧。」

我用命令的口氣對剛說，他不得已只好喝了一小口應付，仍然沉浸在他的回憶裡：

「為什麼要這麼做呢？他以為我聽了之後該有什麼反應嗎？笑著說：啊！那真是太傷腦筋了嗎？還是向他撒嬌要他也多疼疼我呢？為什麼要這樣傷害自己的小孩呢？」

「剛……」

「我一直就是那種後知後覺的個性，就像如果受傷了，也只是冷靜的先處理傷口，之後才會感覺到疼痛，所以那時候我什麼反應也沒有，但是晚上睡覺的時候卻一個人躲在棉被裡偷哭。」

「……」

「他老是不斷的強調想要的是女兒！最好全部是女兒！他怎麼不想想我的感受？又不是我拜託他生我下來的——」

剛突然皺了眉頭，匆匆忙忙的往廁所走去；獨自被留在座位上的我忍不住擔心著是不是他這次回去發生了什麼事？

擔心？

當我意識到我竟在擔心時自己也嚇了一跳，我不是一直就對他抱持著負面的想法嗎？

「對不起。」

剛回到座位上時說，但我不曉得他幹嘛道歉？為什麼道歉？不過我並沒有追問的打算。

「我這次回去時才聽說我妹妹要嫁人了！那種女人也嫁得出去！哼！」

「你這麼討厭她？」

「她是個婊子。」

「……」

「抱歉。」

剛又抽出一根香菸，但手卻顫抖得點不著火，我只好接過打火機替他點火，剛一點彆扭的樣子也沒有，看得出來是從小就習慣被侍候的個性。

「不過我們是同個父母生的。」

「嗯？」

「我還有個小媽，之前小伊提過的，她是在我國中那年嫁進來的吧！奇怪的是她一開始就說了自己是沒辦法生女兒給我爸爸的，但他卻還是疼她寵她，大概是因為她床上很行的關係吧。」

「……」

「這次回去看到她，整個人感覺老了真多，都是歐巴桑了還搽著一手鮮紅的指甲油，像什麼話。」

鮮紅的指甲油？

「小喬還好吧？」

剛突然又轉移話題，我以為他只是隨口問問，但沒想到他卻是認真的看著我，等著我的回答。

「嗯，看起來很好。」

「還是堅持作男裝打扮嗎？」

我笑著點頭，看著眼前的剛，在心底想像著浩的樣子，我很想問問他會不會也認為自己長得像浩，但是結果我沒問。

「如果我喜歡的人是小喬就好了。」

「咦？」

「如果我喜歡的人是她就好了。」

剛又重複了一次，呢喃似的。

# 13

你留言給我說要去旅行，沒有說要去哪裡，沒有說多久會回來，你只說你要去旅行。

當我醒來聽見這留言時，急急忙忙的撥了電話給你，但結果聽電話的人卻是剛，剛說你臨行前將手機交給他，還表明自己和我一樣對於你突然的決定一無所知。

「那傢伙有時候會這樣的。」

剛最後又說。

為什麼你要倉促成行？我努力的思考卻怎麼也想不出答案，從小喬離開之後我們就再也沒見過面，我回想和小喬在一起的情形，不，就算是小喬來之前的你亦沒有任何異狀，就這樣沒來由的，你突然說要去旅行。

我的感覺好像是回到了小時候，父親不告而別的那次經驗，我有種被遺棄的心傷，沒預警的。

我每天都會去你們的公寓看看，看看你回來了沒，但是每次卻都落空，有時候我只見到你們的大門深鎖，有時候則是剛和幾個我沒見過的朋友在家喝酒，每個人臉上都寫著無聊的表情。

漸漸的我也失去了找你的勇氣，雖然我總是得花費好大的力氣才能壓抑住想去找你的念頭。

見不到你，我的生活秩序完全被打亂了，其實應該說是，我失去了生活的重心。

時序已經進入秋末冬初，我穿著最新一季的冬裝去學校上課，整天沒蹺一堂課，這時我才發現班上有好多面孔是我依舊陌生的，但我還是沒有和同班同學套交情的打算；下了課之後我漫無目的地在校園裡閒晃，雖然也知道八成是遇不到你的，但卻依舊不放棄或許能和你不期而遇的想法。

林瑾！

我回頭看，原來是剛，他獨自一個人，我才發現從他回來之後我就再也沒見過他和那些娃娃般的女生約會了。

剛喚住我之後就在旁邊的涼椅上坐著，我只好也順勢坐在他的身旁，我感覺到有些緊張，因為來往經過的人不斷的對我們投以側目，我知道他們是在看剛，還有好奇剛身邊的我和他是什麼關係；我感覺好像每個人都對我們竊竊私語，而剛卻一副不以為意的樣子，或許是他早就已經習慣了也不一定。
「澈請了喪假。」
「咦？」
「原來是他媽媽過世了。」
「……」
「不知道什麼時候跑到紐約去的，聽說一個人死在公寓裡好幾天，因為屍臭傳出去才被管理員發現的。」
「澈為什麼說是去旅行？」
「大概是不想讓別人知道吧。」
我也算別人嗎？
「他什麼時候回來？」
「這幾天吧。」
我感覺到心往下沉，說不出話來；而剛盯住我的臉，好一會才說：
「別怪他了吧。」
「嗯？」
「他一向不喜歡提他媽媽的，所以當她死了的時候才會更難以啟齒吧。」

「他打電話告訴你的嗎？」

「嗯，不過只是簡短的說被通知去領媽媽的屍體，他的聲音聽起來很遠的樣子，我問他在哪裡他才說人現在在紐約。」

「為什麼不打電話給我呢？在他心中我也算是別人嗎？」

「我倒寧願他打電話給妳而不是我。」

「為什麼？」

「在越在意的人面前越是難以吐露真正的心意，不是嗎？」

「你只是在安慰我吧？」

「這才是安慰。」

剛說完就擁我入懷裡，我靠在他的肩頭上，感覺到一股安心的美好，好像是心情終於得以放鬆了似的，忍不住將這陣子以來緊繃的情緒化為眼淚落在剛的衣服上。

我一直哭到手機響起，才吸了吸鼻子，對剛說了聲對不起，然後接起電話，手機傳來的是小松的聲音；我奇怪她怎麼突然想和我討論生日的計畫，而且口氣明顯心不在焉的，才想問她是怎麼了的時候，她又搶先以不自然的口氣說有事要先掛了。

我嘆了一口氣，看到剛被我沾溼了的衣服，難為情的說：

「對不起，把你的衣服給哭溼了，真沒用。」

「沒關係，我在收集眼淚。」剛笑著拍拍我的背，我第一次從他身上感覺到溫柔；「妳生日？」

「嗯，後天。」

「會邀請我嗎？」

「咦？」

「妳的生日會呀！如果澈趕不回來的話，我代他幫妳慶祝好了，要不太對不起妳這個女朋友了嘛！畢竟是兩個人認識之後的第一個生日呀。」

「不用了啦！」

「怎麼這麼見外？妳不當我是朋友嗎？」

「不是，只是我從來就沒有過生日的習慣而已。」

「嗯……」

剛若有所思的笑著，起身，說：

「改變主意的話隨時打電話給我哦。」

「好。」

「要送妳回去嗎？」

我搖頭：「我想走一段路。」

「那好吧，Bye。」

我在剛走了一會之後才起身也離開，本來想繞到咖啡館去待一會的，但想想搞不好剛會在那裡，於是就打消念頭直接回家了。

回家時我才將鑰匙插入門時，小松就急急忙忙的替我開門了，害我重心不穩的差點跌入她的身上。

妳怎麼了？

我們異口同聲。

「妳在等人呀？」

「沒有呀……妳怎麼了？哭了？」

「沒什麼。」

我覺得好累，直接走回房間想馬上躺到床上睡一覺，但小松卻又跟了進來，我覺得她今天相當不尋常，因為我們沒有必要的話從來就不會進入對方的房間的。

「有事嗎？」

我從棉被裡探出頭問。

「那個剛……」

「嗯？」

「是妳男朋友嗎？」

原來如此，小松也看到了我們在一起。

「不是呀。」

「我和剛上過床。」

小松沒頭沒腦的說。

因為小松的這句話，我把原本打算告訴她的你的名字又硬生生的吞進了肚子裡，因為這樣，我又錯過了讓小松知道我們愛情的機會。

「但是妳不要誤會，那只是……你情我願的遊戲而已，我對他還不到愛情的地步。」

我仔細的回想著，這才想起有一陣子小松手上也搽著鮮紅色的指甲油，有次我問她怎麼指甲油都掉色了還不塗掉？結果小松只是搖搖頭笑而不答。

原來如此……

「什麼時候的事？」

「剛開學的時候。」

「哦……」

「可能這麼說妳會覺得我很隨便，但那時候剛告訴我說只是想玩玩而已時我也覺得無所謂，心想能和那樣的男人上床就算只是玩玩也值得了。」

我在心裡想像著小松也在那個空盪盪的客廳裡，就坐在你的對面，像個橡皮糖似的依偎在剛的身旁，然後剛開始替她搽指甲油，在這個時候或許你會起身回房間，或許是獨自上咖啡館打發時間，或許……

我想告訴小松關於我們的事，我們的愛情，還有小伊，對，我還想告訴小松關於剛和小伊的事，我想告訴她小伊曾經躺在你的床上向你撒嬌，結果我感覺到嫉妒的快要死掉……

我都想告訴小松，都想說出來，但結果小松卻又再度打斷我的思緒，再度讓我失去了訴說的機會。

「不管你們是不是只是朋友，但是無論如何別愛上他好嗎？」

「因為妳還愛他嗎？」

我尖銳的問，我對於此時的小松是有點生氣的，但我不曉得我究竟在氣什麼。

「不是，因為他喜歡讓女人受傷。」

小松定定的望著我，然後掀開了她的衣服，將她背上已經變成傷疤的抓痕展示於我的眼前。

「床上的剛狂野的幾乎殘忍，每個和他上過床的女人都有這樣的傷痕。」

「為什麼要告訴我這些？」

「只是想讓妳知道他是個危險的男人。」

我轉過頭背對著小松，我很想告訴她我並沒有興趣聽你們的風流韻事，如果需要的話，我甚至還可以發誓我永遠也不可能會愛上剛，因為我太愛太愛你了，但結果我彷彿全身虛脫了似的，什麼話也說不出來，說不出來了。

# 14

我做了一個夢，夢裡我一直覺得口袋裡有什麼東西，可是掏呀掏的卻什麼都沒有，當我回過神時才發現原來我身上的衣服根本就沒有口袋呀！

怎麼會這樣呢？可是手機一直在響呀！手機一直一直在響呀！

我倒抽了一口氣睜開眼睛，才發現原來又是做夢了呀！視線望向窗外，此時已經入夜了，再看著手機上的日期，怎麼我已經昏睡了一天一夜了呀。

「喂？」

「我是剛。」

「嗯。」

「送妳的生日禮物待會就到了。」

「咦？」

「生日快樂。」

然後剛就收了線。

我不知道剛在說什麼，也沒心情多想，走到客廳時又看到小松留下字條說要在外頭過夜，我把紙條扔進垃圾桶裡，拿了換洗的衣服就往浴室走去。

泡在浴缸裡時才想到再過幾小時就是我的生日了，二十歲……

而剛是第一個祝我生日快樂的人，那你呢？你什麼時候才回來？

想哭呢！我整個人埋進熱水裡，這樣的話就算是哭了也沒有眼淚吧。

不知道過了多久，我聽到手機再度響起，我於是隨便圍了浴巾在身上，也不管頭髮還溼答答的就往房間走去，因為心想可能又是剛打來的，所以也不緊張的就慢慢走，但看到手機時卻沒有任何的來電顯示，這才意識到原來是門鈴呀。

大概是小松改變心意又回來了吧！我一邊這麼想著一邊無精打采的去開門，門打開之後才驚見出現在我眼前的人竟然是你！

「你怎麼……」我的喉嚨哽咽，怎麼也說不出話來。

「剛告訴我的，所以我趕回來替妳慶生。」

我慌張的低頭檢視自己狼狽的模樣，有種在你面前赤裸的難為情。

「我一下飛機就直接來找妳了。」

「請……進。」

我把你留在客廳裡，自顧逃進房間裡靠在門上，感覺心臟好像就要跳出喉嚨了似的；我一邊試著深呼吸以鎮定情緒，可卻怎麼也壓抑不下狂亂的心跳。

你來了。

你來了。

你來了。

「林瑾。」

你敲門，我轉身打開門之後，你低頭就吻住我，好長好長的熱吻，我幾乎就要癱軟在你的懷裡了；你將我抱起放在床上，隨手拿了一條毛巾替我擦乾頭髮，髮根、髮絲、髮尾……毛巾隨著你修長的手指來到我的耳後，接著你的唇也覆蓋上來，我感覺耳根發燙，我聽見你的鼻息就落在我脹紅的耳垂，你問：「可以嗎？」

我回答你以親吻，你彷彿鬆了口氣似的嘆息，然後將我按倒在床上，一件一件的褪下自己的衣褲，赤裸的棲在我的身上，解開我的浴巾，我雙手交叉在你的頸後，像握住唯一的依靠。

「澈……」

「嗯？」

「我沒有經驗。」
你點頭，然後吻住我，你的吻從我的唇蔓延至我的下腹，最後你分開我的膝蓋進入我的體內，我覺得自己幸福的就快要死掉了。
「好痛。」
我一陣緊張，突然想起小松說的，我於是在你的背後劃出一道傷痕，你抬頭凝視我，嘴角漾著一抹笑意，然後我感覺你在我的體內，進入，進入……，
「把妳的毛巾弄髒了。」
你翻過身躺在我的背後，輕聲的說。
我偏過頭看著沾滿各種體液的毛巾，笑；然後我們將毛巾踢下床去，在混亂之中連床單也一起踢了下去，木板床傳來的涼意教我發抖，於是你讓我趴在你的身上，像是確認什麼似的愛撫著我的身體。
好長好長的愛撫。
你是我的。
你是我的。
你是我的。
這個念頭教我感覺好幸福，真的真的，好幸福。

「幸好妳出生了。」

你說，在我生日這天，你對我說，幸好妳出生了。

幸好妳出生了。

我一直沒有睡著，在黑暗之中聆聽你規律的呼吸聲，動也不敢動的就怕打擾了你的睡眠，藉由街上傳來微弱的燈光，我眷戀的凝視著你熟睡的面孔，孩子似的睡顏，我感覺到整個人好像被幸福所籠罩著，就這樣望著你傻傻的笑著。

一直到窗外射入了第一道陽光，實在忍不住飢餓的起身到廚房打開冰箱找東西吃，我喝了一杯牛奶，用三合一的烤箱煎了顆蛋還順便煮了一杯咖啡，稍稍滿足了空了兩天的胃囊之後，再回到房間時卻發現你已經醒了，只是還舒服的賴在棉被裡不肯起身。

「吵醒你啦？」

「被咖啡香叫起床了。」

「我們出去吃早餐好不好？」

「嗯。」

「我怕小松突然回來。」

你笑著起床穿衣，一邊說：

「我感覺好像是妳的姘頭哦。」

「胡說八道。」

我拿了新的牙刷和浴巾給你，在洗過澡之後你便拉著還擱在門口的行李箱出門了。

我問你要不要先回家把行李放著，你卻說不用了，這麼早怕會吵醒剛，於是我們帶著你的行李箱來到這家二十四小時營業的咖啡館吃早餐。

你一邊喝著咖啡一邊說好懷念那咖啡館的咖啡，當你這麼說的時候，我突然想起那天在咖啡館裡和剛的談話，以及他有點失控的情緒和稍微的醉態；但我並沒有告訴你這件事，反而我說了小松曾經和剛上過床。

「小松？」

我努力的形容著小松的樣子，但你還是一知半解的搖頭，說是不記得見過這個女生了。

「畢竟剛帶回來的女孩太多了，恐怕他自己也記不得了吧。」

你半開玩笑的說，笑話裡有輕蔑有不滿，還有一種我讀不出來的情緒。

「澈……」

「嗯？」

「你還是不想告訴我你母親的事嗎？」

「原來剛告訴妳了呀。」

你神情黯淡了下來，燃起一根菸，含著。

「小喬回來之後告訴我那女人去了紐約住的事，但沒提到她的身體變得很差，我是在小喬離開那天才接到她老公打來的電話，說很忙不能去認屍，希望我代他去。」

「為什麼那時候不告訴我呢？」

「因為我不知道該怎麼說。」你捻熄了菸，卻又馬上再燃起一根，這次才開始抽著；「不過託她的福，我倒是變成有錢人了。」

你看起來並沒有因為得到大筆遺產而感覺開心的樣子，但也看不出來有任何難過的表情，我對於你竟沒有任何情緒波動的這件事情感覺到有點不安，因為我知道這是你壓抑自己的表現。

「在美國我就把她的屍體火化了，骨灰則撒進太平洋裡，或許這樣她能找到哥哥吧。」

「嗯。」

「其實妳知道嗎？我哥哥是自殺死的。」

「咦？」

「一直瞞著小喬是怕她傷心。」

「為什麼自殺？」

「不曉得，答案隨著他消失了，沒有人知道了。」

「……」

「哥哥死了以後，我一直活在痛苦和恐懼裡，痛苦的是每天生活在一起的哥哥突然的就沒有了，恐懼的是，我很怕我也會踏上哥哥的後塵。」

「澈……你這樣說我會怕。」

「但是現在不會了。」

「為什麼？」

「因為我有妳了呀。」

我感覺好甜蜜，傾身向前吻了你，而你楞了一下，有點害羞的環顧四周，笑。

「這個。」

你從外套口袋掏出了一個Tiffany的盒子。

「這是？」

「一直沒送過妳什麼禮物……總覺得對妳有點抱歉。」

我打開盒子，出現在我眼前的是Tiffany的鑽石項鍊。

「太貴重了吧。」

你搖頭，趕緊解釋：

「這是媽媽生前留下來的現金，本來是打算一直留著當作紀念的，但想想還是拿去買個什麼來送妳比較值得吧。」

媽媽，我注意到這次你說了媽媽這兩個字，而你彷彿是說溜嘴似的，毫不自覺。

# 15

我開始變得刻意和小松避不見面，因為她每次見到我總要表情曖昧的轉述那些校園裡的流言，說原來我才是剛的正牌女友這類的話，我總是懶得反駁也不想澄清，反正嘴巴長在別人臉上，他們愛怎麼說我實在也管不著。

但是我會把聽到的流言當成笑話一樣的轉述給你聽，而你聽了之後也只是哈哈的不當一回事，你甚至還篤定的說我和剛是絕對不可能的，有時候我會不服氣的問你哪來那麼大的把握？而你總是笑著吻我，然後做愛。

那個時候的我們性慾強烈得令我如今回想起來都感覺到不可思議，我們像是要填滿什麼似的，貪圖著彼此身體，把大部分的時間都花在床上歡好，這是我們之間最大的改變；而往後當我回想起來，才能夠明白當時你所想要填滿的是什麼。

下了課之後我們會約在咖啡館見面，然後食不知味的喝乾了咖啡，接著就直接上飯店開房間，因為都是合宿的關係，所以我們很少會在公寓裡做愛，不過我很喜歡這樣，每次看著你站在飯店櫃檯前Chick in的時候，讓你牽著手的我總是感覺到一份驕傲。

我常常好想好想就站在大街上說出我們的愛情，我多希望全世界的人都知道你是屬於我的，每次當我把這些念頭告訴你時，你總是說我傻。

我掛上你送給我的項鍊，連洗澡也不捨得取下來，你喜歡在床上愛撫著親吻著我胸前的鑽石。

旅行回來之後的你整個人變得開朗許多，這麼說也許不完全正確，或者應該說是你的母親過世之後，你像是身體裡褪下了什麼包袱似的，開始熱切的將注意力集中在我的身上，你不厭其煩的詢問我的家庭、我的童年、所有關於我的一切，有次我告訴你說你是我的初戀，所有我的第一次都發生在你的身上時，你開心的笑了，笑得好幸福的樣子。

我常常懷疑當時已經預見風暴的你，怎麼還能擁有那麼幸福的笑？你幸福得那麼真切，究竟是你的演技太好？抑或當時的我已經愛你愛到眼中除了你之外，就再也看不見其他什麼的了，我想我知道答案。

每當我回憶至此，總是感覺心痛得就要暈眩了。

小喬經常打越洋電話來找我聊天，有時你在我身旁，有時你不在，我把我們的進展告訴小喬，她聽了之後很開心的樣子，又開始用媽媽的口吻催促我們乾脆同居算了，小喬還說每天上飯店像什麼樣、又不是偷情的男女；我把小喬的話轉述於你，而你聽了之後只是聳聳肩、一副無所謂這個的表情，我當時只是單純的以為你是貪圖上飯店的舒服罷了。

有一次我差點就想告訴小喬了，那次剛在咖啡館裡對我說的：如果我喜歡的人是小喬就好了。

我想小喬或許知道這是什麼意思也不一定，但結果我總是想想而已並沒有說出口。

如果我說了呢？如果我當時這麼說了，恐怕也是於事無補的吧！我真的這麼以為，畢竟小喬從頭到尾就不是風暴裡的人呀。

轉眼間學期就要結束，所有人都忙著打包行李回家過年，我問你那你怎麼打算？你說你沒有家可以回去了，或許就四處旅行吧！你還要了我家裡的電話，說是如果有機會的話，很想來找我，或許可以來拜個晚年。

「一言為定哦。」我說。

「一言為定。」你說。

我記得很清楚，那是學期結束的最後一天，那年冬季最冷的一天，因為寒流來襲。

我因為惦記著你早我一堂課考完，唯恐你在咖啡館裡等我太久，我於是早早交了卷，也不在乎這學期會被當幾科就急急忙忙的往咖啡館趕去。

然而到了咖啡館之後卻不見你的身影，倒是好久不見的剛獨自坐在裡頭抽菸，我是等到看見他時才意識到原來我們好久不見了呀！自從上次在學校裡之後就沒再見過面了吧。

「嘿。」

「哇！好久不見！妳看起來氣色很好的樣子嘛。」

我微笑點頭，向老闆娘多要了一份三明治。

「你在看書呀。」

「欸。」

其實我並沒有興趣剛在閱讀什麼，我只是不好意思劈頭就問你怎麼不在這裡？但是剛仍舊停下閱讀的動作，他闔上書將它推給我，我看著封面的文字——

三島由紀夫—假面的告白

「哦……澈提過的那個作家。」

「嗯，我也很喜歡他的書。」

「哦……」

我應付的回答著，心想正好可以接著問剛你現在人在哪裡時，他卻又開口說道：

「送妳。」

「這本書？」

「是呀，很好看哦。」

「我想不用了吧，我不怎麼閱讀的。」

「沒關係，我就是想要送妳，可以嗎？」

「那謝謝你囉。」

我只好將書收進背包裡，此時剛露出滿意的笑容。

咖啡和三明治一起送上來，老闆娘依舊是酷著一張臉，剛看了她一眼，視線放回桌上他那杯已經空了的咖啡杯，卻沒有再要一杯的意思，而是一根接著一根的不停抽著菸，他看起來很煩的樣子，但仍舊試著和我聊天。

「還是喝黑咖啡呀？」

「欸。」

「妳和澈進展得很好嘛。」

「是呀，你呢？怎麼好久不見你。」

「都窩在補習班囉。」

「補習班？」

「準備研究所的考試。」

「說的也是，你們就要畢業了呢。」

「嗯，倒是澈，好像打定了要延畢一年吧，大概是捨不得離開妳。」

我有點不好意思的笑著，看著剛不停的抽著菸，依舊很煩的樣子，只好放棄問他你現在在哪裡了。

「我們這樣一起喝咖啡好像不恰當吧。」

「什麼意思？」

「被那些好事者看到的話，八成又樂得到處散播新的八卦了吧。」

原來剛也聽說了呀。

「不過這樣也好。」

「嗯？」

「那些女人以為我心有所屬了，總算放棄來糾纏我了。」

「這樣說來我是連累你了。」

「不，這樣很好，真的，這樣很好。」

剛反覆的呢喃著，思緒飄渺的望著遠方，直到手中的菸燃燒到濾嘴燙著他的手指，才回過神來煩躁的將它捻熄，接著還是又燃起一根。

「我被我小媽引誘過上床。」

我以為我聽錯了，因為剛一點表情也沒有的，好像是嘴巴自己打開了，而那些話不由自主的就從嘴裡溜出來一樣。

「大概是從我國三那年開始的吧！我一直覺得很羞愧，但羞愧的並不是她引誘我，而是我對她的引誘竟然有反應。」

剛突然說起小時候被小媽引誘的事，我真的嚇了一跳，但使我驚嚇的並不是事件的本身，而是剛竟能如此輕鬆的道出，口氣平靜的像是在轉述一件事不關己的事情一樣。

「後來我才發現原來我媽媽其實知道這件事情，有次我們做愛的時候我無意間瞥向門口，我看見媽媽正躲在門縫裡偷窺，她從一開始就知道、卻又一直假裝不知情；如果硬要說和這件事情有什麼關係的話未免也太過牽強，但我的確是獨處時就會有一種好像誰正躲在什麼地方偷看我的錯覺，但是我每次慌張的到處找都沒有。」

——我還有個小媽，之後小伊提過的，她是在我國中那年嫁進來的吧！奇怪的是她一開始就說了自己是沒辦法生女兒給我爸爸的，但他卻還是疼她寵她，大概是因為她床上很行的關係吧。

——這次回去看到她，整個人感覺老了真多，都是歐巴桑了還搽著一手鮮紅的指甲油，像什麼話。

——床上的剛狂野得幾乎殘忍，每個和他上過床的女人都有這樣的傷痕。

——只是想讓妳知道他是個危險的男人。

「其實我告訴妳這些只是想解釋澈為什麼老是和我在一起，妳一定很早就想問了吧！但妳一看就是好人家的女兒，妳看來就是教養很好的樣子，所以妳一定都忍著不問出口吧。」

「不……」

「那是因為澈知道我的狀況才這樣儘可能的陪我，澈是個很溫柔的人，妳一定也這麼認為吧！澈對妳一定更溫柔吧。」

「你還好吧？」

剛搖搖頭，恍恍惚惚的望著我，但眼神卻不是放在我的身上，過了好久視線才得以集中，他好像此時神智終於恢復過來似的，說：

「呀……光顧著說話一直忘了告訴妳，澈重感冒下不了床，他今天一堂課也沒去考。」

「嗯，那你呢？還好吧？」

「我沒事，再喝杯咖啡醒醒腦就好了，妳一定很急著想見澈吧。」

「欸。」

「別管我了，沒關係的，妳拿我的鑰匙去開門吧，澈下不了床的。」

既然剛都這麼說了，所以我就收下他的鑰匙起身打算離開了，當我經過剛的身邊時，聽到他彷彿喃喃自語似的，說：

「真好，澈的心全給妳佔滿了。」

# 16

或許當時我收下剛的那串鑰匙是一個致命的錯誤決定，但那時心底焦急直惦記著你的我，無論如何是管不了那麼多的了！我甚至顧不得沒有鑰匙的剛要怎麼回家的這件事了。

我攔了計程車火速的趕往你們的公寓，用剛的鑰匙打開大門之後，筆直的就往你的房間走去，我看見你虛弱的躺在床上，你看見我之後勉強的擠出微笑，接著是令我心疼的咳嗽。

「糟糕，讓妳看見我這副模樣。」

「沒有去看醫生嗎？」

我摸了你的額頭，皺眉。

「睡一覺就好了吧，沒那麼嚴重的。」

「我去買退燒藥給你吃。」

然後我趕著又出門，找了好久才終於找到一家西藥房，買了退燒藥和一些維他命，順便又繞到超市買了一袋冰塊，然後又焦急如焚的趕回你身邊；我扶著你起身吞下一錠藥丸，再拿毛巾裹住冰塊敷在你的額頭上，接著你昏沉沉的睡去，我一直待在你的身邊，看著你不斷的冒冷汗，而我所能做的卻只是替你換毛巾。

到了晚上你迷迷糊糊的醒來，我摸著你的額頭，感覺到退燒了一點才稍稍鬆了一口氣；我到冰箱拿了一瓶牛奶餵你喝下，然後是大量的溫開水，大概過了一個鐘頭之後又要你吞下一顆退燒藥，這個時候你說想上廁所，於是我扶著你到浴室，你好像有點不好意思似的，低頭親吻了我的臉頰，然後要我待在外頭就好。

我聽見你上完廁所之後好像又洗了臉，可能還漱了口也不一定，你待了好一會才出來，走回房間時你就不要我的攙扶了，你從身後抱著我，像是哄小孩似的左搖右晃的走回房間；你躺回床上時，我本來想再替你敷冰塊的，但你卻將我拉住，要我和你一起躺著。

我抱著你的身體忍不住一直親吻你，你緊閉著嘴巴不肯和我接吻，我於是敲開你的雙唇，好長好長的熱吻，然後我在你的耳邊開玩笑的說，只要你把感冒傳染給我，那麼你就可以康復了。

「傻瓜。」

你說，然後將我抱得好緊好緊，當我感覺到你的力道退去之後，才意識過來你原來是睡著了，接著沒多久，我也沉沉入睡了。

隔天你起床時驚醒了我，你微笑道早然後就往陽台走去。

「你幹嘛？」

「抽菸哪。」

「病人不准抽菸。」

我沒收了你的香菸，你擺擺手一副無可奈何的樣子，然後捉住我的手按在你的額頭，說：

「退燒了喲。」

「不管。」

「那洗澡呢？」

「咦？」

然後你抱起我，在我的驚呼聲中往浴室走去，我們在洗淨身體之後熟練的進入浴缸，這不是我們第一次共浴，但卻是我們第一次在這裡共浴還有做愛。

當擦乾身體走出浴室之後，你拿出吹風機在客廳裡替我吹乾頭髮，好像想到什麼似的，問：

「剛呢？」

「糟了！他把鑰匙拿給我了，我倒是忘記他可能會進不了門的。」

「哦……」

你沒再說什麼，放下吹風機之後，又將我按倒在桌上，我笑著問你：

「你今天精力很旺盛哦。」

「因為要好一陣子不能再抱妳呀。」

然後你笑著親我鬧我，將手伸進我的裙子裡，我們就這樣隔著衣服做愛，任這空盪盪的客廳充滿我們的呻吟和喘息。

起身之後你抽了兩張衛生紙幫我擦拭，然後你包住保險套扔在房間裡的垃圾桶，我們一邊說笑一邊開門，但是當門打開之後卻驚見剛就坐在門口。

我們兩人都嚇了一跳，我尤其說不出話來，一想到該不會他都聽見了吧？

都聽見了吧？就像當年他母親偷窺他和小媽偷情那樣。

都聽見了……

他那雙尊貴的細長眼並非生來令人讚嘆的，而是偷窺。

我們三個人沉默了好久，最後是你開口問剛什麼時候回來的？

了。

「沒一會。」

剛面無表情的說，然後不客氣的從我們中間插身進去，直接的就回到他的房間去了。

「他生氣了吧？」

「別想太多。」

你說，然後你送我回家，一路上不發一語，下車時我問你會來台中找我吧？你點點頭說過完年在寒假前一定會來。

「一言為定？」

你還是點頭，然後關上車窗，離開。

整個寒假我都待在家裡不敢出門，我怕你會突然來找我；我待在家裡什麼事也沒有辦法做，除了盯住手機等待你的電話，但是你一直沒打電話來，過了三天我終於忍不住打電話給你，結果卻直接被轉入語音信箱。

你出事了嗎？

我好想直接就去找你，可卻又怕這樣會與你擦肩而過，就這樣忐忑不安的熬到過年，甚至年初二我都裝病不想回外婆家，爸媽拗不過我只好讓我獨自留在家裡，兩個人回媽媽的娘家去。

一直到過完年了你還是沒來找我，你的手機還是直接被轉進語音信箱，我守在這個家等待得就要發瘋了，沒辦法只好出門去透透氣，我隨意走到後火車站附近，看到一條小巷口立了一張咖啡館的招牌，沒多想的就走了進去。

回過神來才發現我面前的是一幢老式的舊宅，與這個繁榮都市格格不入的舊宅。坐在門口悠閒的抽著菸的年輕女生看見我時送給我一個微笑，我怔怔的問她這是咖啡館嗎？她說是呀沒錯請進吧。

我慌張的望著四周的紅磚牆，牆上掛了好幾幅油畫，桌面上吧台上還擺著許多的手工藝術品，卻唯獨不見點單。

「請問有Menu嗎？」

年輕女生笑著說沒有，然後問我喝什麼？我習慣性的說黑咖啡，她又說今天是遇到行家了；我很想對她還以微笑，但我卻是連笑的力氣也沒有。

咖啡送上來，她自豪的說喝過這裡的咖啡之後就會再也喝不慣別家的咖啡了，我啜了一口咖啡，卻發現我好像連味蕾都已經失去；年輕女生好客的坐在我的對面開始介紹起這家咖啡館，她說這是一群年輕藝術家合開的，所有的咖啡豆都是自己經手烘焙的，還指著牆上的油畫說是她自己的創作，在紐約展出時還被喊價兩千美金，又說他們是今年六月十六日才開始營業的，所以店名就叫作六一六，說完她遞了張店名片給我，我接過名片，終於忍不住哭了出來。

妳還好吧？她不知所措的望著我。

我搖搖頭，還是哭。

於是她拍了拍我的肩膀，留下我獨自安靜的哭泣。

我的眼淚滴進咖啡裡，我於是吸了吸鼻子喝乾了咖啡，發現除了眼淚的味道之外，再也喝不出別的什麼了。

我走到外面想找她買單，但話還沒說出口她卻問我要不要來一根香菸？流淚時最需要一根香菸了。她笑著說，一點也沒有看見別人流淚時會有的尷尬。

我本來想說我不抽菸的，但我看到她手中的是Marlboro Light。

Marlboro Light，你抽的菸。

我於是點頭，燃起我生平第一根菸。

我想她說的沒錯，抽完菸之後我覺得平靜許多，於是我向她道謝然後問她咖啡多少錢？

她有點害羞的告訴我這裡是資助的形態，錢筒就放在吧台上，隨便客人想放多少都可以，我於是折回吧台放進一千元，一點心疼也沒有，因為那是我喝過最特別的咖啡。

# 17

我再也按捺不住焦急的心情提早返回公寓，一到公寓之後我放好行李就馬上攔了計程車前往你們的公寓，在途中我還撥了手機給你，但結果仍是直接轉入語音信箱；下了車之後我一口氣爬上三樓，當我看見你們的大門深鎖時，曾經想過還是下次你們在家時再來吧。

如果那時候我就這樣折回了，那麼結果就會完全不一樣了吧。

如果當初剛沒有給我鑰匙，那麼結果就會完全不一樣了吧。

但實際上我還是決定用剛的鑰匙擅自開門進去，本來我只是想確認你這個寒假是不是一直待在這裡，但是當我走到客廳時，卻聽見剛的房間裡傳來激烈的喘息聲。

如果那時候我就這樣折回了，那麼結果就會完全不一樣了吧。

如果當初剛沒有給我鑰匙，那麼結果就會完全不一樣了吧。

我心想大概是剛又帶哪個娃娃回來做愛了，我存著一種報復的心情走近門口，本來只是想報復他偷聽我們做愛的這件事的，本來只是這樣的！

我透過虛掩的門縫看見兩具交纏的肉體。

我看見——

我看見你們忘情的交歡，你就在剛的身後，你們忘情的做愛。

你陶醉在其中並沒有發現我的存在，過了好一會，當你離開剛的身體時，他轉過頭索討你的親吻，在這個時候，這個時候你才看見我，看見我。

當我們四目交會的那一刻，我只覺得頭暈暈的，眼淚就掉下來了。

逃。

我當下只有這個念頭，逃。

我把自己關進浴室裡放聲大哭，扭開熱水連衣服也沒力氣脫，只能竭盡力氣的，哭。

我多希望那只是我看走眼，那只是我的幻覺，但那太真實了，你和剛交纏的肉體，你們忘情的，陶醉的沉迷。

「林瑾……」

門外傳來你的聲音，我下意識的躲進浴缸裡，哭。

「妳們沒關。」

然後你踢開浴室的門，蹲在浴缸旁邊，你凝視著我，眼底是一貫的溫柔，卻不見令我著迷的笑顏。

「我沒想過這一天會來。」

我坐直了身體，在浴缸裡，與你四目交接，如同方才在剛的門外那樣。

「我一直在等你。」

「對不起。」

「我待在家裡什麼事也沒辦法做除了等你！我每天每天盯著手機，我一直打電話給你！我一直在等你！」

我把臉埋進你的胸口，哭。

「剛嫉妒妳。」你哽咽，過了好久好久，才又試圖鎮定的說：

「剛要我把寒假的時間給他，他保證過了寒假我們就能終於一刀兩斷，我沒有辦法，沒有辦法拒絕他，我……愛他。」

「那我算什麼！遮掩你們同志身分的傀儡嗎！和剛的那些娃娃一樣嗎！你們當我是什麼！」

「我真的也很喜歡妳，當我第一次在圖書館裡遇見妳的時候，我就直覺我可以喜歡上妳，我從來沒有騙過妳，我說幸好妳出生了，是真心話，我是真的這麼認為的。」

「你們從開始就打算瞞我下去嗎？」

我的問題令你也沉默了，我看著你幾度開口又幾度欲言又止，最後你終於還是選擇全盤道出，我根本不想聽，可你還是說，你還是說。

「我和剛是……在高三那年開始的，哥哥走了以後，我們才……關係變質的。」

你閉上眼睛，眼淚，終於滑落；「我們也很痛苦，也很迷惘，不應該是這樣的，畢竟愛女人比較……輕鬆；我們好幾次想分手，可是卻又離不開對方。」

「……」

「上大學好像是一個分界點，剛開始和不同的女生交往，每次剛帶那些女生在我面前親熱時，我總是覺得好寂寞，但一方面卻又感覺鬆了一口氣，心想或許我們能夠因此回到最初的關係也好，但卻還是會寂寞，我們從上大學之後就停止……就停止親密關係了。」

「這就是你堅持穿高中制服的原因？想紀念那段愛情？」

你沒有回答我，你繼續又往下說：

「我一直就是很難對別人心動的個性，我以為我會孤單一輩子，但是我遇見了妳，就像我說過的，我真覺得我會喜歡妳，當我感覺到我的身體對妳有反應的時候，我真的，真的鬆了一口氣。」

「……」

「剛知道我喜歡妳，一開始他有點不安，但卻又說這樣也好，我以為他說很好的意思是我們能回到普通朋友的關係而擁有各自的女朋友，但後來他才告訴我，他是以為我不可能像愛他那樣愛妳的；當剛開始感覺到妳就要取代他在我心中的份量時，他開始慌了手腳，我看到他不再和那些女生約會時，我心底就有了譜，因為這樣，我更加的依賴妳的身體，我怕我又會對剛動心；而當親耳聽見我們做愛時，他說，在妳離開之後，他說他嫉妒得快要瘋掉了，我一方面覺得他很自私，但一方面卻又，又很高興……」

——我倒寧願他打電話給妳而不是我。

——為什麼？

——在越在意的人面前越是難以吐露真正的心意，不是嗎？

——那些女人以為我心有所屬了，總算放棄來糾纏我了。

——那是因為澈知道我的狀況才這樣儘可能的陪我，澈是個很溫柔的人，妳一定也這麼認為吧！澈對妳一定更溫柔吧。

「小伊也知道吧。」

「嗯，她是唯一知情的人。」

「太過分了。」

「林瑾……」

「我從頭到尾都被耍了，我以為你愛我，以為你有我一半愛你那樣的愛我……，但結果我只是你們用來試驗感情的玩具……太過分了。」

「對不起。」

「你走好不好？」

「我再打電話給妳？」

「你走。」

你走了之後，我起身離開浴缸，擦乾身體，無心無緒的吹乾頭髮，然後躲進棉被裡哭到睡著。

我不知道我睡了多久，再醒來的時候是被小松給搖醒的，她先是驚訝於我竟會提早回來，再是被我蒼白的削瘦臉頰嚇到；小松替我套上衣服然後強拉著我出門吃東西，可是我什麼也吃不下，就算勉強吃了幾口，卻還是馬上吐了出來，沒辦法只好喝牛奶。

回家之後我躲回床上，將門反鎖住，把小松的擔心留在門外，在黑暗中，我開始仔細的回想這一切的經過。

遇見你之後的經過。

——有些愛情總是不被祝福吧。

——只是如果可以的話，我希望妳可以明白，他們愛得也很無助，沒有辦法得到別人的祝福是一件很痛苦的事情，或許不是親身經歷其中的人，實在很難感同身受的。

你在話裡做了這麼多的保留，而我卻是得仔細的逐一回想才能明白當時你的暗示，最可笑的是，你甚至沒有說過你愛我！這會不會就是你最大的暗示？

你最大的暗示。

你最大的暗示。

你最大的暗示。

——妳也喜歡三島由紀夫嗎？

我突然想起剛執意送給我的那本三島由紀夫的書，我下床開了燈，從背包裡翻出那本一直被我擱置不理的書，然後，閱讀。

反反覆覆的讀到了天亮，我察覺到門外小松起床的聲音，她一向是難得早起的，我想或許她是因為我的反常而擔心得睡不著覺；我於是強打起精神走到廚房烤吐司煮咖啡，小松一臉狐疑的望著我，我只得搶先的笑著告訴她：

「我沒事了，放心吧。」

所以小松就誇張的表演大鬆一口氣的表情，哼著歌進浴室梳洗了。

我們兩個人安靜的坐在廚房吃烤吐司喝熱咖啡，我還是想很問小松一個問題——

「妳知道三島由紀夫這個人嗎？」

「知道呀，可有名的。」

「怎麼說？」

「嗯……不曉得有沒有得過諾貝爾文學獎，但他在日本文學地位是備受推崇的。」

「還有呢？」

「他最被談論的一件事就是切腹自殺吧。」

「為什麼？」

「因為當時的政治立場什麼的，我搞不清楚那年代的事。」

「就這樣？」

「哦……還有，他雖然結婚了但後來發現自己是個同性戀，好像還寫了一本書叫作《假面的告白》，是日本滿具代表性的同性戀作家。」

一開始就錯了。

一開始就錯了。

一開始。

# 18

我維持正常的作息，是因為不想小松擔心，我一堂課也沒蹺的按時上課，可在課堂上一句話也聽不進去，在小松面前我假裝吃東西，然後強忍著噁心躲到廁所抱住馬桶小聲吐掉，我怕再這樣下去會得厭食症，但我沒有辦法，沒有辦法；我甚至還改掉了失眠的情況，總是過了十二點就準時上床，雖然我依舊輾轉難眠，依舊躲在棉被裡偷偷哭泣。

如果那時候我能把這件事情告訴小松就好了！或許她可以建議我怎麼做，只是我當時心亂得不知道該怎麼啟齒，並且偏執的以為不是身處其中的人是不可能明白這感受的。

但所謂的旁觀者清呀！這道理我實在明白得太遲。

只是我不再去那咖啡館了，因為你傳訊息來說不會打擾我，但會在咖啡館等我；我在還沒有整理好思緒的情況下，我是怎麼也沒有辦法面對你的。

然而我和剛的那段錯得離譜的八卦傳言，早已經淹沒在甚他更新更震撼的八卦底下了。

「妳有沒有聽說過學校宿舍的那件事？」

小松問。

「什麼事？」

「一個住宿的學姐突然跳樓自殺，很突然哦！好像她本來只是去飲水機裝熱開水而已，但不知怎麼的就突然走到窗口打開窗戶跳下去了，什麼預兆也沒有，那馬克杯甚至還留在飲水機前呢！真詭異。」

「的確是。」

「聽說她本來就有憂鬱症的樣子。」

「哦。」

「就這樣？」

「嗯？」

「妳的反應就這樣？」

我望著小松，突然想起她曾經說過我的——

——妳對電器的態度就像對待愛人，是用所有的生命陷進去愛情的，但是一旦不愛了，卻又能立刻完全抽離吧。

隔天，我決定走進咖啡館。

當我推開咖啡館的大門時，你馬上神經質的抬頭張望，一發現是我之後，整個人明顯鬆了一口氣的樣子。

「我以為妳永遠不會來了。」

「這大概是我最後一次來了吧。」

你強顏的歡笑凝結在空氣中，我看見你的眼底爬滿血絲，下巴冒出幾根鬍碴，臉上寫的盡是疲憊，我知道，這是你折磨自己的證明。

「我搬出去住了，就是之前我們常去的那間旅館。」

我的思緒隨著你回到之前我們在那旅館裡度過的美好時間，我的心糾結了一下，但我還是一直告訴自己小喬曾經說過的：把心關起來，把心關起來，把心關起來。

「對了，我一直忘了問，到底這咖啡館叫什麼名字呀？」

「它沒有名字，或者應該說是，它的名字在每個人的心中。」

「你呢？你給它起什麼名字？」

「太晚。」

「嗯？」

「我太晚遇見妳了。」

不准哭，不准哭，不准哭。

「這裡好悶，出去散步好嗎？」

我說，你點頭，然後我逕自先走出門外，不再像以前那樣等在你身邊陪你買單。

「去哪？」

「往我家的方向走去好了。」

一路上我們沉默的走著，雖然各自懷著滿滿的心事但卻一句話也說不出口，走在你身邊的時候，我一直問我自己一個問題，那就是我還愛不愛你？

我想我還是愛你的，只是我更恨你。

「你有菸嗎？」

「嗯？」

「我想抽根菸。」

你停下腳步，皺起眉頭，但還是掏出菸，遞給我一根，然後紳士的替我點火，接著也抽了一根。

「什麼時候也開始抽菸的？」

「有些時候會想這麼做。」

我們就這樣坐在路旁沉默的各自抽菸，當你的菸抽盡時你習慣性的把菸彈得老遠，然後你雙手摀住臉，當我看到眼淚從你的指縫滑落時，才知道原來你的情緒終於在此時崩潰了。

終於還是崩潰了呀。

我望著你，拼了命的才能忍住想要抱住你的慾望。

「這幾天我一個人待在旅館裡一直覺得很害怕，我一直很想清楚的理出一個頭緒來但卻怎麼也辦不到，我還拼了命的想些什麼話來說服妳讓我們重新開始但腦子卻只有一片混亂……」

你想和我重新開始？

「我很怕會像媽媽那樣，孤獨的死在旅館裡誰也不知道，這幾天我一直想起哥哥，我感覺到好像長久以來的擔心就要來了。」

「你怕你會自殺？」

「我這幾天一直有個衝動，我還買了刀子放在浴室裡，我一直一直的盯著那刀子，腦子裡一直有個聲音告訴我死了吧，死了比較好吧。」

把心關起來。

把心關起來。

把心關起來。

把心關起來。

「為什麼要怕？」

「嗯？」

「死亡有什麼好怕的？」

你終於抬起頭怔怔的望著我，我也轉過頭凝視著你，微笑。

「你知道你為什麼會怕嗎？因為你始終沒有辦法面對自己、沒辦有接受這個你，所以你不想承認自己真正的性向，我真搞不懂這樣的一個人為什麼要堅持活下去呢？」

「……」

惡魔在我心底。

惡魔在我心底。

惡魔在我心底。

「澈呀……你知道你的問題出在哪裡嗎？你太溫柔了，你的心柔軟得沒有辦法拒絕別人、害怕傷害別人，但就是因為這樣，往往你身旁的人卻因為你對每個人都溫柔而受到了更大的傷害哦。」

「我果真……還是傷了妳吧。」

「當然呀，你把我當猴子一樣的耍了呢！我常在想你的演技真是太好太逼真了呢。」

「對不起。」

「你是該對不起喲。」

你怔怔的望了我好一會，才說：

「我覺得……妳的身體裡好像有某個部分改變了，不……其實應該說是，好像有什麼東西被妳從身體裡捨棄了……」

把心關起來。

把心關起來。

把心關起來。

我於是傾身向你索討了一個吻，你先是有點驚訝，然後熱切的想要回應我，此時我就離開了你的吻了。

「我愛你哦澈。」

我露出一抹自己也感覺陌生的微笑，說。

「但是同時的我也恨你，你為什麼不去死呢澈？」

「……」

「為什麼要怕死呢？死了之後就不孤單了呀，不是嗎？你哥哥在等你呀！在那裡等你的。」

你突然抱住我，我不知道這是什麼意思，為什麼我對你說了這麼過分的話你卻不對我生氣？你會對剛生氣你卻不對我生氣？你到底還是比較愛他是不是？

我還是還是好在意你，但一方面卻又不斷不斷的要求自己把心關起來。

好長好長的擁抱，最後你以嘆息結束，起身，對我投以迷離的笑。

「幸好妳出生了，林瑾。」

你還是不對我說我愛妳嗎？

「好好照顧自己好嗎？」

「嘿！」

你轉身，我指著我站著的地方，對你喊著：

「這裡，我們愛情的終點在這裡。」

你嘴角還是漾著那抹迷離的笑，然後揮揮手，你的背影在我視線的比例尺漸漸的縮小，縮小。

那是我們最後一次的見面。

# 19

夜裡我接到你的電話，我聽出你話語裡的不尋常，我本來是可以做些什麼的，例如坦誠的告訴你，我一直一直還在想你，我還是還是好愛好愛你，給我一段時間，或許我們真的可以從頭開始；或者我也可以直接趕往你停留的飯店，我可以問你你的房間號碼，然後去找你，去陪你，而不是讓你一個人孤單。

但結果我什麼也沒做。

你聽起來有點醉的樣子，你一直反覆的道歉，說是不好意思打擾我睡眠了，我說不會我還沒睡你找我什麼事？然後你開始那天分手時沒有告訴我的話：

「我從來就不會覺得孤單哦！從小就不會，因為我有哥哥嘛！我不是一個人呀！哥哥走了之後我還是有剛，後來我又有了妳，我一直就不會感覺孤單……可是林瑾，我現在只剩下一個人了，所有人都離開我了，連媽媽也是。」

我在電話的這邊流淚，一句話也沒有說。

「能夠遇見妳真是太好了，真的，我很喜歡和妳在一起，也喜歡和妳一起上床，雖然我總是不太會表達自己的感情，但是相信我林瑾，和妳在一起的時候，我總是感覺到非常幸福的。」

「……」

「對了，妳有沒有聽過很久以前有一首叫作〈真情作祟〉的歌？呀……可能太久了又不是很出名的歌，我想妳大概沒聽過吧。」

「我會去找來聽。」

「真的嗎？那真是太好了，答應我林瑾，不要抽菸好嗎？我不喜歡看妳抽菸，那東西不適合妳的，看著妳抽菸的時候我覺得好心痛，比看到妳哭還教我心痛。」

「澈……我說的那些話——」

「妳說得很對，真的，說得很對，妳把我看透了，咦？我說過了嗎？我說過我愛妳了嗎？」

「沒有。」

「我愛妳林瑾，能夠遇見妳真是太好了，呀……這句話我說過了吧！總而言之，如果能再早點遇見妳就太好了！我是真的這麼想的，真的真的。」

「澈……」

「總之，好好保重自己，好嗎？」

然後你掛了電話，我再回撥過去，電話被轉入語音信箱；我有一種不好的預感，但結果我還是什麼也沒說，什麼也沒做。

三個小時之後，我接到警察打來的電話，他們從你手機的已撥電話中找到我的號碼，他們說你現在人在醫院，情形很不樂觀。

我無心無緒的趕到醫院，醫生一見我就問我是不是家屬？我說我不是只是他的朋友而且他家人都不在台灣了，醫生聽了也不管那麼多的就向我報告你的情況：

「喝了大量的酒精，吞了大量的安眠藥，整個人泡在浴缸裡開著熱水割腕自殺，傷者意志堅決，手腕上的傷口深可見骨。」

接著警察插話說是因為從浴缸裡流出來的水滿溢到了門外被發現的……

我一陣昏眩，不敢相信我是犯了什麼樣的錯誤。

接著我打電話給剛，試著完整的告訴他整件事的來龍去脈，還有這個地方，我聽到剛聽筒掉落的聲音，然後半個小時之後，剛趕到，同時醫生宣布你傷重不治，宣告死亡。

剛癱軟在地上，像個孩子似的哭了起來。

我看見他們推著你的身體走了出來，在途中我掀開了覆蓋在你身上的白布，我看著你安詳的睡顏覺得好奇怪，你明明只是睡著了為什麼剛要這麼難過？

在離開之前警察又交給我一張你生前留下來的遺書，上頭只簡單的寫著：

**請將我燒成灰撒入大海。澈。**

我搖頭拒絕接受，遙指著剛，說那是死者的哥哥，這東西應該轉交給他。

警察很疑惑的望著我，我沒有理會他直接就離開了。

幾天之後我接到剛的電話，他說明天要將你的遺體火化了問我要不要去送你最後一程？我說我很忙沒空去然後就把電話掛了；當晚剛又打來告訴我說他認為你不會希望舉行告別式吧，我說我又不是你我怎麼知道，然後剛沉默了好久才又說他這星期日訂好船了，問我要不要一起去替你完成你的遺願？我說我那天不曉得有沒有事或許再說吧。

「林瑾！」

「……」

「妳振作一點好嗎？」

「我人好得很沒事對我說這種話做什麼。」

「為什麼要強裝自己不難過不在乎？」

「因為他不是為我死的！」

忍不住我還是吼了出來。

「可是澈最後想見的人是妳，所以他才會打電話給妳的吧！不是我，為什麼不是我！」

「你害死了澈！你害死了澈！你害死了澈！」

「林瑾。」

「都是你的錯。」

然後我把電話掛了。

那天我還是去了，我看著將你捧在懷裡的剛，一句話也沒跟他說。

我不愛他，我恨他。

小喬也來了，她哭得很傷心，幾乎就要昏眩了；望著她和抱著你的骨灰的剛，我突然想起剛曾經告訴過我的：如果我喜歡的人是小喬就好了。

我現在才明白他的意思，現在才明白。

將你的骨灰撒入大海之後，小喬終於得以鎮定了情緒，走過來問我：

「林瑾，小澈為什麼要自殺呢？」

我望著剛那雙美麗的細長眼，無數個選擇在我的心底；我可以據實以告，甚至還可以加油添醋的說是剛逼死你的；但結果我只是淡淡的說我也不曉得或許妳問剛吧，然後我就先行離開了。

離開前我看到剛鬆了一口氣的表情，他遠遠的對我做了一個嘴形，我看不太清楚但他好像在說謝謝。

「都拿出來給妳了。」

「嗯？」

「小澈……我感覺得出來，他都拿出來給妳了。」

我在眼淚滑落之前轉身，離開的時候把手機丟進垃圾桶裡，因為你再也不會打電話來了。

隔天我去辦了休學，因為我不想再進入那個到處都是你的回憶的校園，不想聽見那些好事者自行揣測你的死亡的流言；小松不明白我為什麼要突然休學，我只說我的東西什麼都不想帶走全部都送給她吧。

最後我獨自來到圖書館，坐在當初我蹺課時來這裡趴著睡覺的位置上，望著門口，恍惚間好像又看見了你走進來，你那張漂亮的臉上掛著令我沉醉的溫柔笑顏，我摸撫著胸前你送我的那顆鑽石，笑著對你說──你來啦！

所有人都奇怪的望著我，我不曉得他們為什麼要奇怪，但我猜那大概只是因為他們沒看到你的關係吧。

*The End*

短篇

# 別夢

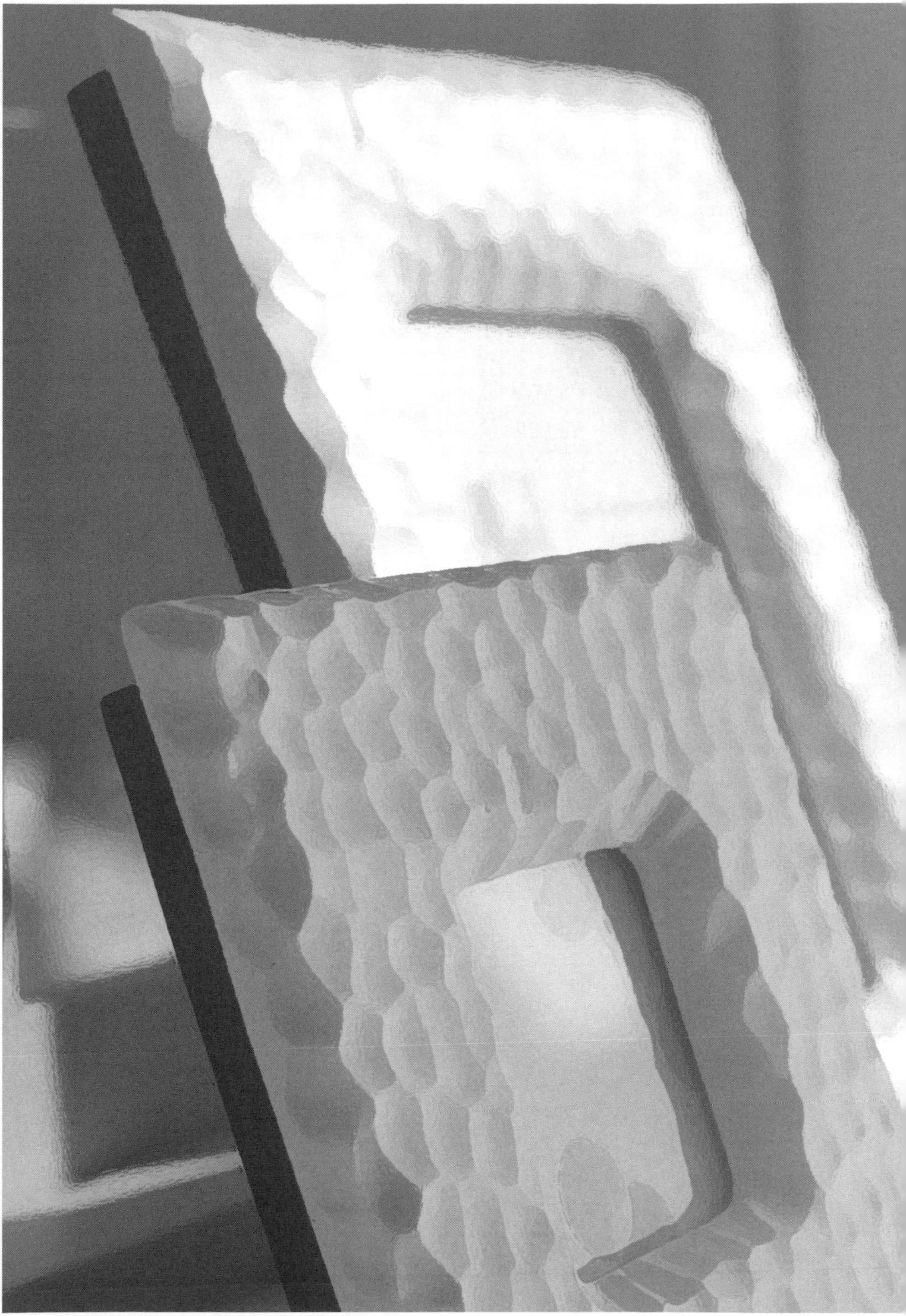

## 1

又夢見了！

伶渾身溼透的從停車場朝我走來，慘白著臉、她問我：妳在哪裡？

妳在那裡！

倒抽了一口氣我驚醒過來，望向牆上的鐘：四點整。

嘆了口氣我決定放棄睡眠起身下床，走到浴室扭開水龍頭把討厭的冷汗沖掉，望著鏡子裡失去血色的蒼白臉孔，我只是思考一個問題：

妳為什麼又來到我夢裡？

為什麼又來到我夢裡？

又來到我夢裡？

來到我夢裡？

我夢裡……

夢裡……

夢……

我們後來都當那只是一場夢，在那三年間，我們都當那只是一場共同發生過的夢，心照不宣的夢。

在那場我們都以為只是發了場共同的夢之後，伶所表現出來的姿態就像是*那件事情*從來沒有發生過一樣，伶依舊是班上最亮眼的小女生、依舊是老師們眼中最喜歡的好學生、是她那學生會長的父親捧在手心裡疼的小公主；我依舊在上課時替她轉遞男同學們傳來的告白紙條、依舊在下課後如廁時互相站在廁所外陪伴聊天、在放學後去到她家喝果汁吃點心聽她練鋼琴、同時一起和伶的美麗媽媽以伶為模特兒作畫，每當我們同時停筆時，伶的媽媽總會溫柔的稱讚我有繪畫天份，並且：

「真高興伶有妳這樣一個好朋友陪著她。」

每當那個時候，我總會感覺到一股泫然欲泣的心虛，同時卻又鬆了口氣、慶幸伶並沒有告訴任何人那件事情、連她的母親也沒有；因為我是多麼多麼的不願意放棄伶所帶給我的美好生活呀！即使那並不是真正屬於我的生活，也好。

也好。

於是在那三年當中，我都自我催眠那件事情只是我記憶裡的錯誤、只是我在童稚時發了一場關於伶在停車場的惡夢……直到伶那強烈的憎恨眼神再一次、也是最後一次出現為止。

國中畢業典禮之後，伶他們一家人決定移民美國。

在替伶舉行的送別會上，伶演奏了鋼琴曲以謝大家的參與，雖然我對於鋼琴一竅不通，然而在伶的琴聲裡卻聽得出來在那底下爆發的感情，在這幾年來的壓抑之後。

我感覺到強烈的不安，思緒彷彿又回到三年前的那個停車場，在國小畢業典禮時我們相約最後一次的跳繩子以告別童年、而我遲到了卻撞見那一幕的那天……

歡送會結束之後，伶要我留下來陪她單獨聊天，所有人都以為這是伶對於她最好朋友的離情依依，然而卻唯獨我感覺到風暴的即將來襲。

「妳生理期來了吧？」

這是伶開口的第一句話，當我們來到她的房間、她關上房門的那一瞬間。

「是呀。」

「初潮是什麼時候？」

「國……二那年的樣子吧，有點忘了。」

「我的初經是小六，但停了一年，在國一時才正常的開始。」

我的呼吸開始急促，大概明白了伶為什麼要突然提起初經的事。

「女生的初潮本來就比較混亂、這在別人看來大概也不會覺得奇怪吧！所以媽媽也沒有懷疑。」

「伶……」

「妳知道了？對呀！妳早就該知道了嘛。」

我好害怕，囁嚅著想回家了於是起身，然而身後伶冷漠的聲音響起卻教我的雙腳彷彿給釘在地上樣動彈不得。

「怎麼想走了？我記得妳那時候並不是這樣的呀。」

「……」

「妳就那樣的站在原地、眼睜睜的看著事情發生不是？」

「我也嚇壞了伶！我嚇壞了！」

「是嚇壞了嗎？我看到妳了喲，看到妳只是看、一直看，為什麼妳的反應會是一直看呢？」

「我根本不曉得發生了什麼事，我只是個小孩子，我不知道那是什麼意思！」

「難道我就不是嗎？」

「對不起。」

我以為我這麼說了，但是結果我並沒有。

我只是擠出了所有的力氣拔腿跑開，懦弱的把伶和她所有混亂的指責都關在門後，然而當門關上的那一瞬間，我卻好像還是聽到了伶的那句——

「——我不會原諒妳的。」

關上了伶的房門，我全身虛脫似的打開了自己的家門，都還沒看見爸媽的身影就先聽見了他們大聲的爭執，又吵架了。

我覺得好煩好累，真的好累，拿起了被冷落在客廳桌上的志願單我回到房間。

——妳應該學畫畫的。

我想起了伶的媽媽、我理想中的媽媽曾經這麼對我說過，於是我填上了離家最遠的學校，我想離開。

## 2

怎麼樣也睡不著了，雖然時間還早，或者應該說是，還晚。

我走到陽台，看著灰濛濛的夜空，抽十八根菸，喝半瓶紅酒，用三個小時，思考一個問題。

為什麼妳又來我夢裡？

六點半，將菸蒂酒杯清理完全，沖熱水澡洗去身上的菸味酒味，我呆望著起霧的鏡子，全身赤裸，奇怪的是浴室裡明明溫度溼熱、但我卻沒來由的打了個冷顫。

冷顫。

感覺不祥的冷顫。

隔離霜，紮馬尾，黑色套裝，用修飾液蓋去黑眼圈，趁著母親還沒起床，出門。

時間還早，於是我先到公司旁的咖啡館喝咖啡吃早餐。

這時候的店裡客人寥寥無幾，只有幾個上班族模樣的男人無精打采的翻閱著求職欄，大概是失業了又不敢讓家人知道吧。

我有點同情的想著。

情緒突然有點糟，於是喝乾了黑咖啡拿起三明治，以一種逃離的姿態快步走出咖啡館。

還不到上班時間，但新來的總機妹妹卻已經先來吃早餐了。

我並不是很喜歡這個年紀輕輕又笑容甜甜的小女生，甚至可以說是冷漠到幾乎不友善的程度；嚴格說起來是我不喜歡所有年紀輕輕又笑容甜甜的小女生，她們單純得總會讓我隱約聯想起伶，雖然嚴格說起來她們都比伶大上幾歲——比我記憶中的伶大上幾歲——而我想這新來的總機妹妹應該也沒多喜歡我，這個年紀有了點又總是冷著臉的美編。

所以她今天竟會過分熱情的同我打招呼時，我想不但是我、就是連她自己也嚇了一跳吧。

但我寧願相信這可能只是因為她急需找個人說些什麼話，而在這個當下、這個辦公室裡，她唯一能找到的談話對象也只有我而已。

「妳今天來得好早哦。」

「欸，妳也是。」

「我睡不著，可是又不敢一個人繼續待在公寓裡，就提早來公司吃早餐看報紙算了。」

本來對話進行到這裡已經超過我們幾乎可以說是沒有的交情所能負荷的限度了，但不知怎麼的，我的反應不是禮貌的點頭致意然後離開，卻是關心的問她怎麼了？

大概是我也急需一個談話的對象來轉移這始終在我身體裡繞跑的夢境吧！我想。

「夜裡我住的那棟大樓發生兇殺案，好恐怖哦！」

「哦？」

「也可能是自殺啦，我不知道，總之是個命案就是了，來了好多警察拉起了封鎖線，還一戶一戶的做筆錄，流了好多血哦，聽說。」

「在哪裡？」

「停車場。我們公寓樓下的停車場。」

好像全身的血液都凝結了那樣，我幾乎感覺到一陣窒息。

慢慢的調整呼吸回過神時，這小女生還自顧的說著：

「我看了報紙可是都沒有這個新聞，大概是還來不及上報吧，都不知道是什麼情形，只曉得好像是個女人死了，想看看電視可是我住的地方又沒有電視——」

「我是說妳住的地方在哪裡？」

「哦……」

她說了個地名，離我家好遠，我只聽到了這裡，然後連禮貌也顧不得的、自顧著就轉身進辦公室。

昨天夜裡？

停車場？

巧合？

打開電腦，放下三明治，在搽口紅的時候，我一邊收著伊媚兒，在大量的電子信件中，有一封陌生來信——

寄件人：SUGAR

信寄來了　要回哦　　　　　　　　　　YOURS

大概是寄錯了吧，我沒想理，便繼續檢視其他的信件，然後開始埋首工作畫封面。

當我再抬頭的時候，是因為總編走了進來。

「還在忙呀？」

「嗯。」

「晚上有約會呀？」

「嗯。」

「真可惜，本來有聚餐想找妳的。」

「下次吧。」

「什麼時候請我們喝喜酒呀？」

「看看吧。」

總編苦笑著，又說聲辛苦了之類的客套話，便識相的離開。

我知道他在想什麼，但他越是想越得不到，因為他永遠只有空想的份。

當我忙完趕到餐廳時已經遲了半個鐘頭，打電話給J，他竟還在公車上。

我的J，總是這樣勤儉，即便是脫離了貧困之後，仍然不改這習慣。

這是我們最大的不同，我是窮怕了，而J則是窮慣了。

半個小時之後，J終於趕到。

J看起來心情很好的樣子，甚至還點了瓶香檳，問過之後才知道，原來今天他升主治醫師了。

想起我們初識時，他還只是個實習醫師。

我的J最大的心願是擁有一間自己的診所，這就是J之所以仍然不買房子車子的原因。

母親是很滿意J的，儘管我只帶他回家過兩次，但他們相談甚歡，最後一次J甚至說，若我們結婚了，他便可以有媽媽了。

我的父親早逝，在我高中聯考前，而J的母親生他時難產，嚥下最後一口氣才生下他，我想我們真的是絕配。

這是不是J想當婦科醫師的初衷？那我呢？

末了，J問我要不要到他那過夜？

「好呀。」我說，撥了電話告訴母親，然後J開我的車，我們回到他的住處。

J在醫院附近租了間公寓，除了最基本的傢俱外沒有任何的多餘。

偶爾我會在這裡過夜，所以也留了些東西在這裡。

做愛之後，J一下床便直接去洗澡，這是J一直以來的習慣，我沒想過要問他為什麼。

我習慣在J之後接著洗澡，我們從來不一起入浴，J沒要求過，而我也不在乎。

我猜想我大概是J的第一個女人吧，因為他實在不諳性事，而我也沒有想過告訴他，因為我愛他，而我猜他大概也不會想知道吧。

但為什麼卻又執意和J在一起呢？我想大概是因為他身上有某種我所欠缺的渴望。

# 3

停車場。

伶。

——妳看到了喲！

停車場。

伶。

——為什麼妳的反應會是一直看呢？

停車場。

伶——

倒抽了一口氣我驚醒，身邊的J仍熟睡著，而牆上的鐘精準的指向四點。

為什麼？

嘆了口氣，儘可能不擾醒J的，我下床穿衣，留了張字條給J之後，我回家。

無心無緒的開著車在空盪盪的街上繞著，本來是想直接回家補個眠的，但沒想到一回過神時卻發現人竟來到那總機妹妹說的公寓前。

為什麼？

嘔吐的慾望湧上我的喉嚨，潛意識裡想做的是按下車窗把這喉嚨裡的穢物清空完全，但不知怎麼的，實際上做的卻是換檔倒車疾駛離開。

——怎麼想走了？我記得妳那時候並不是這樣的呀。

當年的伶說。

伶的聲音在我的耳膜不停不停的響著，我發現我得緊咬著嘴唇才能停止這想要尖叫的衝動。

為什麼？都過去那麼久了！為什麼？

回家。

想要補眠的慾望已經消失完全，把電視開了轉成靜音，我目不轉睛的盯著新聞頻道，結果完全沒報導總機妹妹說的那命案。

就這麼盯著新聞頻道直到母親起床前才關了電視回房間，動也不動的躺在床上，整個人感覺到疲累得緊，卻怎麼就是睡不著。

不敢睡。

怕又夢。

隔離霜，紮馬尾，灰套裝，上班。

搽口紅，又看到一堆電子信件裡，那封寄錯的信——

寄件人：SUGAR

過得好不好呀

居然沒回我信

真是沒有禮貌

我突然思考著最後一次被問過得好不好是什麼時候。

想不起來。

但是當看到寄件的時間，我的笑容凍結。

深夜四點整。

到底是誰？惡作劇嗎？

我還是沒回信，也沒刪信。

一整天都昏昏沉沉的，大概是睡眠不足的關係。

開完編輯會議之後，我決定先下班。

在等電梯時，總編又挨了過來。

「下班啦。」

「嗯。」

「妳看起來很累的樣子。」

我覺得很不舒服，那對小眼睛彷彿透露出一股曖昧的揣測，簡直令我作嘔。

回家，洗澡，睡覺；睡得極不安穩，但總算是沒發那夢了。

晚餐時刻母親喚我起床。

母親是個熱愛烹飪的女人，即使只有兩個人的晚餐，她仍然用心的做好料理，一點也不嫌麻煩。

自從父親過世之後，我們母女倆相依為命，但我不確定我們的感情算是好或不好。

母親總是說話的多，她淘淘不絕的報告著她一天的生活，我只是聽，也沒興趣多問，關於這點，母親倒是沒有意見，我想她大概只是需要一個說話的對象，就算得不到回應也無所謂。

母親和所有人保持良好而且密切的關係，除了父親那方的親戚。

母親總是不介意談起所有的一切，除了父親過世時的情況。

我不知道她究竟愛不愛父親，我沒問過，我想母親大概很滿意我這點吧。

我只知道他們是相親結婚，母親十八歲便嫁給父親，一年後生下我，然後母親沒再生過第二個小孩，我想那是我們家養不起多餘的孩子。

聽說當時的父親只是個工廠裡的小職員，母親生下我之後，專心的當個全職主婦，母親一輩子沒工作過，一輩子沒富有過。

我們家從小清貧，這狀況一直到了我高中那年，父親用一生的積蓄與朋友合夥開了一間工廠才逐漸改善，可惜好景不常，我高三那年工廠倒閉，父親欠了一屁股的債，不久之後他車禍意外死亡。

那大筆的債務隨著父親的死亡無疾而終，我想大概得算在那合夥人頭上吧，我沒聽母親提起過。

我不要母親到工廠當女工，母親沒有意見。

於是大學之後我開始半工半讀的生活。

獎學金、兼家教、談戀愛，這三件事情佔據了我大學四年的生活。

我們的生活一直到了畢業後我找到這份工作才有明顯的改善。

我不再需要男朋友就能吃美食，買名牌，開好車，我以自己為榮。

關於我是個經濟獨立的女強人的這件事情。

而母親是不是也以我為榮呢？

我端詳著仍淘淘不絕的母親，開始想像二十年後我的模樣。

是不是也會只守著一個家？只能以自己的丈夫兒女為榮？

我簡直難以想像得親身經歷這樣的生活。

我在潛意識裡始終抗拒著母親這樣的生活方式。

我的菸癮越來越大了，我總是在半夜驚醒，然後一個人坐在陽台抽菸等待黎明。

我想我遲早會腦神經衰竭而死。

我很難不去思考這個問題，究竟是我會先走還是母親？

於是我做了個決定，若是母親先撒手人寰，我便向Ｊ求婚；反之，就把求婚的機會留給Ｊ。

因為我實在害怕得一個人生活，儘管我時常需要獨處。

## 4

第三封信

我真的好喜歡妳的作品喲
回個信給我咩

我望著寄件的時間，下意識的打了個哆嗦。
又是凌晨四點！

「怎麼啦？」
一旁合作好久了的編輯問我。
「收到一封好奇怪的信。」

把電腦螢幕轉向他，我說。

「哇哇哇！果真是第一把交椅的美編耶！有讀者寫信給妳耶。」

「是寄錯的信吧？」

「哦？妳的意思是說這信是要寄給作者的？」

「我是這麼想，可是——」

「那我知道了，本來是讀者要寄給作者的，結果卻糊塗的寄到了美編的信箱啦！」

「可是這個人怎麼會有我的電子信箱？」

「喏。」

翻開書的內頁，他說：

「妳的E-mail address也在上面不是？」

「但這作者沒擺E-mail address上去呀。」

「這就對啦！所以讀者才會誤以為這個E-mail addres是作者的呀。」

但為什麼總是凌晨四點？

「還有呀！妳封面稿要畫快一點啦！這大牌等得不耐煩了，一直吵著這個月再不出版的話她要換出版社啦！」

「又要馬兒好又要馬兒不吃草，難搞。」

「沒辦法，人家大牌咩，我跟妳說哦！要不是總編挺妳她早就要求換美編啦。」

「換就換呀。」

「欸！妳這幾天是怎麼啦？氣色好差。」

「失眠。」

「哎！壓力太大哦？我說妳呀，別過分要求完美啦！隨便從圖庫抓個圖改改交差了事就好啦。」

「知道了啦。」

把電腦螢幕轉回自己，算是結束這個話題。

本來是想照他說的那樣，從圖庫裡拉個圖片修改交差了事，但不知怎麼的，我做的事情卻是回信。

如果妳是要寫信給作者的話，那我想妳是寄錯信箱了

我是這書的美編

隨信附上編輯部的信箱，編輯會替妳把信轉達給作者本人

SEND。

在按下滑鼠的同時，我的手機響起。

接起，是久違了的國中同學。

「同學會？」

「也不算正式的同學會啦，就我們幾個還有聯絡的老同學先出來聚聚這樣。」

「怎麼挑在這時候？」

「什麼意思這時候？怎麼啦？大畫家剛好要當醫生娘了不成？」

「不是啦。」

我也說不上來什麼叫作所謂的這時候，於是隨口聊個兩句然後抄下聚會的時間地點。

放下手機，我決定採取編輯的建議，從圖庫抓圖修改交差了事。

打開圖庫檔看著一張一張的圖片挑選著時，突然的，我發現有個地方不對勁——

「欸，有人動過我的電腦嗎？」

「沒呀，誰敢碰妳大小姐的電腦呀！怎麼啦？」

「我有張圖不見了。」

「會不會是妳自己不小心刪了卻忘記？」

「不可能。」

「哪張圖呀？」

「我給那作者畫的第一張封面圖。」

「要不要我幫妳向作者問問？她那邊可能還有存檔也不一定。」

「那算了。」

「呼～還好妳這麼說，因為要真問了，我肯定挨她頓罵。」

「知道了啦，我儘快把封面趕出來啦。」

「這就對了，不過，妳這麼問了我才想到真是奇怪。」

「什麼奇怪？」

「她這幾天倒是沒再來電話發脾氣，唔……該不會是跑去和別家出版社簽約了吧？真要這樣的話、總編可會傷心死喲，好不容易捧出來的大牌結果卻讓別的出版社坐享其成。」

沒想到他這句無心的話語結果卻一語成讖。

這麼說對嗎？

聚會——

當我匆匆趕到的時候，他們不約而同的把原先的話題打住，轉頭盯住我、異口同聲問道：

「怎麼氣色這麼差呀？」

「最近犯失眠。」

「哦……欸！妳來得正好，我們剛好正聊到伶耶。」

不自在。

轉頭我向前來的服務生點餐以掩飾這不自在的異樣感，而他們則沒有發覺的自顧往下聊去：

「本來我也沒想到那個女人居然會是伶，只是覺得好眼熟，好像在哪看過的感覺，但後來知道她就是我們國中時候的小公主伶時，我簡直嚇了一跳！」

「為什麼？伶長大後變了很多嗎？」

「變成了個醜胖子？」

「黃臉婆？」

「不不不，以上皆非，伶還是很美，哎！不曉得怎麼說啦！美是美啦後來的伶，但給人的感覺就是不知怎麼的陰森到極不舒服想把臉轉開的程度，你們能想像嗎？國中時候總是笑咪咪的小甜甜伶耶！哎～～真的是相見不如懷念哪！」

「你怎麼知道那是伶？」

忍不住，我問道。

「對呀，連妳也不知道她回台灣了哦！」

「欸。」

「千真萬確啦！因為她男朋友剛好就是我同事，不會錯的啦。」

「世界真小。」

「而且呀最讓我覺得不舒服的地方就是在這。」

「怎麼說？」

「我那同事，就是伶男朋友的那位，在我認識他的時候一直就是個好好先生型的人，客客氣氣老老實實，脾氣好得沒話說；帥是沒多帥啦，甚至還有那麼一點的胖，不過總之是個全方位討人喜歡的好好人哦。

「可是他後來變得好多，整個人簡直就像是伶的翻版那樣，瘦成了個竹竿子，和我們越來越疏離不說，整個人還陰沉得不得了，脾氣變得好暴躁易怒，古怪得要命，最後還連電話也沒沒打的，就這麼辭職不幹了，全公司沒有人知道他跑哪去了，為什麼突然不幹了？打去他家裡問，他家人這才知道他不幹了的事情哩。」

「那伶呢？」

「不曉得呀！本來我就沒有伶的聯絡方式，是因為那同事才見過她幾次面的，而且後來問起他關於伶的事情時，還會被他莫名其妙的擺臉色哩。」

後來席間我們又聊了什麼我完全性的沒有記憶，像是又喪失了意識那樣，當我再回過神時，發現自己人竟又來到了那總機妹妹說的公寓前——

「我怎麼會在這裡！」

「妳喝醉了，我送妳回來呀，哎～看妳真的是壓力太大了哦，醉得連自己家在哪都不曉得啦？」

送我回來的同學說。

「我家？」

「對呀，我問妳現在住哪裡，結果妳告訴我這個地址呀。」

## 5

我變得越來越害怕睡眠了。

一閉上眼睛就發那關於伶在停車場朝我走來的夢，睜開眼睛時間總會是凌晨四點鐘。

就這麼躲在棉被裡動也不動任由時間滴答流過，終於捱到了天矇矇亮時我起身打扮出門，繼續又變成是第一個來到公司的人。

「請假？」

才想找總機妹妹問明白那命案的消息時，結果沒想到得到的回應卻是她請假，而且已經不只一天了。

「說是請假啦，但我想應該是不會來了吧。」

暫時先頂替接電話的會計說。

「為什麼？」

「不曉得呀！她那天臉色好差，直嚷嚷著不敢再待下去了想回老家，欸，我說妳該不會接著也說要請假吧？」

「咦？」

「因為妳臉色也好差哦，就跟總機妹妹那天的臉色一樣耶。」

「……」

「可能是嚇到了啦我想，前幾天才聽她嚷嚷著什麼命案的。」

「她有跟妳說什麼嗎？關於那命案？」

「我呸個命案咧！那天我就陪她回家啦！結果啥的也沒有，真媽的見鬼了不成？我說現在的年輕人哦，真是腦子一個個的壞掉了我看！」

可是我明明看到拉起的封鎖線呀！

才想說些什麼的時候，結果總編探出頭來叫我進他辦公室。

「妳那封面畫好了嗎？」

就知道。

「我想好素材了，這兩天應該可以交稿沒問題。」

「哎～算了，這說來話長，不過妳那素材我看要不就先給別本書用好了，我待會叫他們把文案寄給妳。」

「為什麼？」

「也不知道怎麼解釋，不過，那本書我可能暫時不出了吧。」

「是因為我讓作者等太久的關係嗎？」

「不，跟妳沒關係妳放心——」

總編湊近我的耳邊，像是接下來要說什麼不得了的祕密那樣；要不是他接下來說的事情確實有那麼一點不得了的話，否則我真會當他是趁機吃豆腐：

「那個作者搞失蹤。」

「咦？」

「噓——可能也只是和別的出版社簽約了啦，所以不想接我電話，誰曉得。」

「……」

「本來就是特立獨行的人啦！從一開始就只用電話和E-mail聯絡，怎麼拜託就是硬不肯露個臉，連合約寄的地址都是個郵政信箱哩！真是奇怪幹嘛要神祕成這樣呀？」

「……」

「哎～～搞不懂現在的年輕人在想什麼。」

「她很年輕？」

「嗯，聲音聽起來是個年輕小女生。」

「……」

「哎～～其實也好啦，這幾天我重新看過那稿子才發現不出比較好，簡直像是換了個人寫似的，陰沉得不得了，唉～～也算是得到個教訓啦！不要因為作者之前書一連大賣好幾本就偷懶連稿子也沒看的決定出版——」

「我可以問你一個問題嗎？」

「好呀。」

「是這個作者指定要我幫她畫封面的嗎？」

「不是呀，不過她後來有說喜歡妳給她畫的第一個封面，所以才一直讓妳畫下去啦。」

「……」

那個封面從我的圖庫裡消失了。

那個我以伶為素材的封面……

回到座位，收發E-mail，我又接到了那個署名SUGAR的來信——

YOURS

沒錯喲
妳就是我要寄信的那個人哪
我好喜歡妳畫的那個封面喲
喜歡到把能買到的書全買了下來的那種程度喏

我怔怔的看著她附註的那個書名，那個從我圖片庫裡消失了的封面——又是凌晨四點發的信！

「嘿！妳還好吧？」

一旁的編輯問我，他的臉上寫的盡是擔心。

「這個人……」

「嗯？」

「會是那個作者嗎？」

會不會其實是伶呢？

搖搖頭，他說：

「我不認得這個電子信箱呀。」

「嗯。」

「再說，那作者匿名寫信給妳幹嘛呀？」

「說的也是。」

「而且，我看這語氣也不像是她，我們通過幾次信還有電話，所以我大概有八成的把握不會是她啦。」

「哦。」

「不過話說回來，電子信箱這種東西隨便申請就有啦！沒個準啦！會不會是哪個認識妳的人？」

「不曉得。」

希望不是。

把電腦螢幕轉回自己，拼了命的命令自己要專心繪圖，結果心思卻不受控制的直在那信裡打轉。

我決定回信問個清楚：

我們認識嗎？

SEND。

按下滑鼠之後，像是安了心似的，我開始埋首專心畫封面圖。

趕在下班之前把封面圖交出，然後我決定提早下班。

下班之後，我在手機裡留言給Ｊ，便直接到他的公寓去。

我躺在床上望著天花板，想起這幾天的喪失睡眠，我覺得好累。

翻身把臉埋在枕頭裡，卻發現一根染過顏色的茶色長直髮。

我十分確定這不是屬於我和Ｊ的頭髮，那會是誰的？這頭髮。

我起身四處檢視Ｊ的住處，卻再也找不出任何多餘的東西，除了這頭髮。

Ｊ有外遇嗎？他最近有異樣嗎？我想不出來。

我想先離開，但結果我卻像是喪失了全身的力氣那般，手裡握著這根不屬於我們的茶色長直髮，我沉沉入睡。

這些天來，我第一次得以安然入睡。

沒有夢境的安然入睡。

# 6

難得一夜的無夢好眠，醒來的時候我覺得心情好好，而J已經回來過並且又出門了。

桌子上J買了早餐並且留下紙條，說是得先去醫院了。

把紙條扔了早餐帶走，關上門的時候我想了想，然後決定折回床上把那根茶色長髮放進皮夾裡一起帶走。

辦公室，打開電腦，收信匣裡那個SUGAR的回信已經靜默的等候著。

我們應該不認識吧　我想
不過　我可以再寫信給妳嗎
別問我為什麼　因為為什麼我也不知道
但我就是想要寫個信給誰　就像個情緒的出口那樣

大概是因為我沒有什麼可以說話的對象的關係吧　我想
隨信附上我的照片　雖然我想我們應該並不認識才對
不過看看也好:)

YOURS

望著這SUGAR隨信附上的照片，我鬆了口氣。
確實如同我猜測的是個年輕小女生沒錯，眼睛大大臉蛋圓圓頭髮短短，模樣十分神似廣末涼子演的法國電影《芥茉》的那個造型。
不像伶，也沒有茶色長髮。
很好。
回信——

可以呀　不過我工作很忙不會常回信就是
還有，為什麼妳總在凌晨四點鐘寄信來呢？

SEND。

信件才一寄出去，桌上的分機就響起，是總編。

我注意到電話裡他的聲音聽起來十分的疲倦。

「我剛在看妳昨天寄來的封面圖。」

「嗯。」

「是不是寄錯了？」

「咦？」

「這封面妳之前就用過了呀。」

「那我再寄一遍好了。」

掛上電話，我打開寄件備份再確定一次——

沒錯呀！明明就是我昨天畫好的那新封面哪。

白痴，自己搞錯了也不先弄清楚再說。

算了，懶得爭辯什麼，還是重新再寄過一次比較快。

收件者，附加檔案，寄出。

三分鐘之後，分機又響起，又是總編。

「妳進來我辦公室一下。」

總編辦公室。

他把電腦螢幕轉向我，映入我視網膜的，清清楚楚的是我方才寄出的信件，而附加檔案不是我方才寄出的圖片，卻是從我檔案庫裡莫名其妙消失了的那封面。

怎麼會這樣？

「奇怪，我明明寄的不是這封面哪。」

「會不會是電腦中毒了之類的？」

「我不知道。」

「我叫工程師檢查一下妳的電腦看有沒有中毒，還有，妳要不要請個假休息一下？」

「請假？我為什麼要請假？」

「因為妳臉色差得讓人擔心哪。」

「我覺得很好呀。」

事實上，我的精神從來沒有這麼好過，好得幾乎可以說是亢奮的那種程度。

「真的，妳去照一下鏡子，臉氣差得教人擔心哪。」

回到座位時，不死心的我又重新寄了一次。

「嘿！妳還好吧？」

抬頭，是工程師。

「老總叫我來幫妳看電腦。」

「哦……正好，你的信箱可以借我試一下嗎？」

「好呀，試什麼？」

把寄件者加入工程師的E-mail address，然後按上昨天完稿的附加檔案，接著工程師打開他的Notebook，連線上網，收信，打開信件——

為什麼？

「我明明寄的不是這張呀。」

「沒關係，我幫妳檢查一下電腦哦。」

「我明明……」

「嘿！妳還好吧？」

轉頭，是會計小姐，臉上的表情像是正盯著個癌症末期的病人那樣。

「我到底是怎麼啦？為什麼每個人看到我都要問我還好嗎？」

「因為妳看起來就是一副好像隨時會昏倒的樣子哪。」

「可是我的精神從來沒有這麼好過呀！」

「欸，我說，今天不會連妳也要請假吧？」

「什麼意思？」

「妳旁邊的那位仁兄呀，今天他家裡人打電話來替他請病假，妳沒發現他今天沒來上班？」

「病假？可是我看他昨天還好好的呀。」

「就是這樣才奇怪呀！欸，我說你們跟總編比較熟，有沒有聽到什麼風聲呀？」

「什麼風聲？」

「我亂猜的啦！」湊近了我耳邊，她低聲問道：「是不是最近有風聲要裁員什麼的呀？要不為什麼一個一個的突然都請起病假來了？」

一個一個的……和那封面有關的人……一個一個的……

## 7

我住的地方離你們出版社很近唷
幾乎每天都在你們轉角樓下的那咖啡館打發時間呢
妳呢？妳去過那家咖啡館嗎？
有的話　搞不好我們曾經見過面唷

P.S. 應該是巧合吧我想　關於凌晨四點鐘寄信的事
　因為我是個夜貓子哪

YOURS

編輯還是持續的告假沒來上班，沒有人知道他怎麼了生什麼病？因為他的手機都沒開機。

而至於辦公室裡的人則是越來越擔心我了，任憑我說破了嘴，他們就是不相信我精神狀況真的好得不得了。

我不再失眠也不再發那場詭異夢境，我不知道這和那根茶色長髮有沒有關係。

後來我總握著它沉沉入睡，在我自己的床上。

「我是說真的，妳去看個醫生或者做一下健康檢查好嗎？」

這天，總編索性走到我的桌邊，說。

「可是我真的覺得精神很好呀。」

「但妳自己看——」

看著鏡子裡的自己，臉色紅潤，真是搞不懂他們到底為什麼要一直宣稱我好像時時會不支倒地似的。

「這樣吧——」

此時我的手機響起，謝天謝地，適時響起的手機打斷了總編的叨絮，他識相的離開，離開前還不忘叮嚀我快快把正確的封面稿寄給他，如果電腦如工程師檢查之後所說的沒問題的話。

「欸，伶有跟妳聯絡嗎？」

「沒有呀，幹嘛問？」

「好恐怖哦！不知道是真的還是假的，我之前提過那個同事妳記得嗎？後來跟伶交往的那個同事。」

「嗯。」

「我不是說那同事失蹤好幾天嗎？原來是死掉了。」

「吭？」

「被殺，但還沒查出來是誰，聽說現在警方正在找伶問話，也不是說嫌疑犯就是她啦，但總是要釐清案情之類的。」

「什麼時候的事？」

「就在聚會的前幾天哪，天呀！好可怕，我那時候還說了她一些不好的話，真是搞不懂為什麼……」

心往下沉。往下沉。

「我只是隱約聽說她後來過得好像很不如意，但沒想到怎麼會發生這樣子的事情呢？欸，她後來有跟妳聯絡嗎？」

「沒有。」

「想也是，因為大家都找不到她，真是搞不懂是怎麼一回事。」

「……」

「喂？喂！」

捧了電話，拿起分機我告訴總編要請假上醫院檢查身體，他聽了之後沒說什麼，只聽見他好像鬆了口氣的聲音。

醫院——

我去了醫院，但我沒打算看病，我只是想找個人說說話，說說這陣子來奇怪的種種——

我想找J。

「怎麼啦？突然跑來……妳臉色好差，身體不舒服嗎？」

我有點奇怪的看著眼前的J，我奇怪明明他看起來氣色比我還差呀！

「你怎麼瘦了這麼多？」

「這麼明顯呀？」

J有點難為情的笑了笑，他之前一直嚷嚷著說要減肥，但也總是嚷嚷而已，我沒想到這會他竟會真的下定決心減肥，沒想到他一減竟會瘦了這麼多。

——可是他後來變得好多，整個人簡直就像是伶的翻版那樣，瘦成了個竹竿子。

「你在刻意減肥嗎？」

「沒有呀，不知不覺的就瘦了好多，可能是最近比較忙吧，不過，我自己倒是覺得精神很好呀。」

「J——」

「嘿！妳可以先到對面的餐廳等我嗎？我再半小時左右就可以先走了。」

「好。」

「剛好我有些事情想告訴妳。」

當我轉身離開的時候，J又說。

不知道是不是我自己想太多了，因為J說這句話的時候讓我感覺到他好陰沉。

——剛好我有些事情想告訴妳。

這才想起我們好幾天沒見面了。

從我開始發起那場詭異的夢之後，我們好像就沒再見過面了。

J比他說的時間還要早到，關於J的這點他實在有點反常。

J一向愛遲到。

我仔仔細細的端詳著J，我感覺好像嗅出一股不對勁的氣味。

——和我們越來越疏離不說，整個人還陰沉得不得了，脾氣變得好暴躁易怒，古怪得要命。

「我想還是該讓妳知道比較好。」

J說。J看起來很緊張的樣子。

「怎麼了？」

「我喜歡上別人了。」

我不知道我是不是真的愛J，我沒認真計劃過我們的未來，但我沒想到會有這一天。

「對不起。」

J又說，內疚的說。

「是這根頭髮的主人嗎？」

拿出皮夾裡那根茶色長髮，J先是一楞，然後表情微慍。

J點頭。

「我認識那個女人嗎？」

「不，妳應該不認識。」

「哦？」

「她是我的病人。」

「是個怎麼樣的女人？」

「我拒絕回答可以嗎！」

J低吼著，而我有些錯愕，一向溫和的J，這是J第一次在我面前情緒失控。

——而且後來問起他關於伶的事情時，還會被他莫名其妙的擺臉色哩。

「對不起，我剛剛有點失控，我最近壓力好大。」

「我最後只問你一個問題可以嗎？」

「嗯。」

「她的名字叫伶嗎？」

J疑惑的看著我，然後搖頭，然後J，J好古怪的大笑了起來。

「你自己保重。」

我說，然後離開。

沒帶走那根茶色長髮。

不知道為什麼我就是想要把它留下。

# 8

又夢見了！那場把我給困住的夢。

只是這次的夢裡不再是伶渾身溼透的朝我走來，卻是那男人的影像變得清晰。

在夢裡，我看清楚當年那男人的模樣。

微胖的中年男子，陌生的中年男子，長了一張好人臉的中年男子。

當年我刻意遺忘的，如今他回到夢裡來提醒著我。

夢裡他看見我正看著他，他陰沉的微笑，然後把手伸向我，他邀請我加入。

我覺得好害怕，驚恐的轉身想要逃跑，但全身卻像是失去力氣那樣，所能做的只是癱軟在地上。

——

癱軟在地上的我驚訝的看著他在我眼前消瘦，在我眼前，他越來越瘦，越來越瘦

他變成了J的模樣！

我驚醒。

而時間是凌晨四點鐘。

我覺得我好像就快要發瘋。

我知道我得找個人說說話，但我怎麼想也想不出來能找誰說這話，不知怎麼的，我居然想到SUGAR。

起身下床，打開電腦，找著信件匣裡SUGAR最後寄來的信件，不管她信裡寫些什麼，我直截了當的就回信——

**我們見面好嗎？**

我覺得頭痛欲裂，我開始明白他們的擔心就要成真，因為此時此刻就是連我自己，也感覺到好像時時就要昏眩。

但我到底沒有。

就這麼呆呆的捱到天亮，我望著鏡子裡的自己，終於看見別人眼中的自己——血色盡失，雙眼空洞，我不明白何以之前自己竟完全沒有感覺。

搽了濃厚的遮瑕膏以遮住黑眼圈，然後我出門。

頭痛欲裂。

編輯還是沒有來上班，總機妹妹的位子也還是空著，而今天就是連會計小姐也告假沒來上班。

我不知道她是怎麼了，我情願相信這是一向多疑的她請假到別的公司面試，這樣而已。

「妳進來一下可以嗎？」

一見著我，總編就說。

我不知道我的氣色此時在別人看來是糟到如何，但我知道總編的氣色此時此刻並沒有比我好到哪去；我想問問他是不是也和我發了一樣的惡夢，但我想此時他臉上的表情很明顯的並不合適開玩笑。

雖然我不是開玩笑的。

「工程師說妳的電腦沒問題。」

「嗯。」

「那為什麼妳一直不寄新的封面稿來卻是這張？」

尖叫。我想尖叫。

「這是惡作劇嗎？」

「我不知道。」

「聽我說，我一直就很喜歡妳，妳工作上的表現，還有妳的這個人，可是妳這樣真讓我很困擾，我不知道妳是怎麼了——」

「有人在整我。」

「呀？」

「她在整我，伶，她不原諒我。」

「嘿！妳還好吧？」

「不好，我很不好，我快要瘋掉了！這就是她想要的結果，她要我瘋掉，她要我和她一樣！」

「哪個她？」

「伶——」

突然的，我倒抽了一口氣，想到了什麼，我問道：

「那個作者的本名叫什麼？」

「哪個作者？」

「我幫她畫封面的那個作者！」

天哪！我真的快瘋掉了吧？我竟然對著總編大吼大叫。

「……」

臉一沉，總編說：

「她的本名沒有什麼伶的，如果妳想說在整妳的人是她的話。」

「……」

「妳要不要休個長假？」

「……」

「我這是為妳好，等妳把自己的狀況調整好再回來上班，嗯？」

「……」

「還有，那個作者她是去國外度假了，我昨天有接到她打來的電話，在電話裡她還不忘催我書快出版。」

「……」

「所以我會發給別的美編幫她做封面，我已經體諒妳這麼久了，這次也該換妳體諒我了吧？」

「那編輯呢？」

「他跳槽了，我沒說是因為這樣面子掛不住，但反正同在業界我想你們沒多久就會知道了。」

「那總機呢？」

「現在的年輕人會為了五百塊或少搭一站捷運就換工作，這有什麼好奇怪的嗎？嘿！如果妳還要問的話，那會計是真的生病了，起碼在電話裡她是這樣告訴我的，沒有人在整妳，沒有人！可以嗎！妳到底是中什麼邪了是嗎！」

然後我就笑了，像J那天一樣的古怪大笑。

幹得好，伶，妳幹得很好。

快成功了，妳快成功的把我給逼瘋了。

# 9

我沒有帶走什麼，因為我不認為我是失業，總編只是要我暫時休養而已，他喜歡我，他還是喜歡我，他一開始之所以會錄取我就是因為他喜歡我，他只是暫時覺得我需要休息而已。

於是我只是直接離開辦公室，筆直地來到這轉角的咖啡館休息，還有，喝一杯咖啡，因為我暫時離開了辦公室，所以我暫時需要到別的地方才能喝到咖啡。

想太多，對，一切都只是我想太多。

編輯只是跳槽而已，雖然我們合作那麼久又那麼愉快，但他沒告訴我是因為擔心我會走漏口風，這樣而已，他並沒有無故失蹤。

總機妹妹也只是年紀太輕沒有定性而已，根本就沒有什麼命案，一切都只是她隨口胡謅而已；那個年輕的女生本來就喜歡胡思亂想，她胡思亂想有什麼命案發生，但其實並沒有，可能是她住的地方夫妻吵架這樣而已，常有的事，那個年紀的女生就是這樣，亂七八糟的小說看太多的關係。

J也是，他本來就一直嚷嚷著要減重，而他也真的該減重了，太胖了，J胖得比他的實際年齡看來還要老就是因為他太胖了，而如今他終於成功了，也該成功了，因為他嚷嚷了那麼久了；喜歡上別的女人沒有什麼，J本來就是個婦產科醫生，每天接觸的就是女人，沒有什麼，別大驚小怪。

同學也只是騙我的而已，那個人從以前就是這樣，沒憑沒據的就愛信口開河還可以對天發誓，老天爺！他真是一點也沒變，從以前就是這個樣，他真該去寫小說的，搞不好投稿到我們出版社來我還可以幫他畫個封面什麼的——

封面？

我覺得胸口一揪，好像有個誰掐住我的心臟喝令它停止跳動那樣；但回過神來才發現原來是有個人正喊著我，這樣而已。

想太多，別想太多。

抬起頭我疑惑的望著眼前這喊住我的年輕女生，我覺得她有點面熟，可卻又怎麼也想不起來為什麼她會面熟？

「我們認識嗎？」
「我是SUGAR呀。」
原來如此。
「妳真好玩，告訴我見個面吧卻又不說什麼日期時間。」
「但妳怎麼知道是我？」
SUGAR用下巴指了指我的桌面，原來是我下意識的正握著筆在餐巾紙上胡亂塗鴉。
「而且這咖啡館裡現在也只有我和妳呀。」
「但——」
「就姑且一試嘛！反正認錯人的話Say個Sorry就好啦。」
這倒也是。

想太多。別想太多。

靜下心之後，我開始細細的端詳這SUGAR，不像伶，也沒有茶色長髮，很好。
很好。

「跟照片還像吧？」

「沒兩樣。」

「很多人都不相信那是我本人。」

「嗯？」

「網友。」

「哦。」

「那些人老以為網路上只有恐龍。」

「恐龍？」

「就是醜女的意思。」

我淡淡的笑，在這SUGAR面前，我有一種很安心的自在感，我不知道為什麼。

SUGAR說著她高中唸了一學期，現正休學中，無所事事，獨居。

並且：

「其實呀，那封信是寄錯的信喲。」

「寄錯的信？」

「嗯，這麼說對嗎？」想了想，她決定重新說道：「應該這麼說吧！我以為妳會是那個我失去了聯絡的朋友，所以就抱著試試也好的心情寄出了信，結果沒想到真是寄錯了呢！就知道沒這麼巧的事。」

「為什麼妳會以為我是妳那朋友？」

「因為那封面哪，我之前有跟妳提過不是？」

伶？

「妳那朋友長得像我畫的那個女生？」

「不不不，和封面的那個畫像無關，是妳畫的感覺，讓我想到她，我以為那會是她畫的。」

「所以就將錯就錯囉，反正少了個朋友就多認識個新朋友也不錯呀。」

鬆了口氣。

「那妳真正要寄的人呢？聯絡上了嗎？」

「她死了。」

我楞了一下，而她卻是俏皮的笑著：

「開玩笑的啦，一直沒她的消息，所以就當她死了，這樣我心情好過些。」

好悶，要不要出去逛逛？我問。

好呀，她說。

我們隨意的逛著街，買了很多的衣服，說了很多的話，漫無目的地買衣服，漫無目地的隨便說些什麼話。

我很久沒有這麼快樂過了。

最後我開車送她回家，下車，她指著四樓的一扇窗，說那是她的窗戶。

「為什麼亮著燈？」

「我怕黑，從不關燈的。」

她說，然後又問：

「還可以再見面嗎？我很喜歡妳的。」

「我也是」

我說。

# 10

我仍是持續發著那場關於伶從停車場朝我走來的惡夢，在每天凌晨四點。

我不知道這和失去那根茶色長髮有沒有關係，但我寧願相信這只是我自己的心理作用。

心理作用。

這天J打電話來找我，而當時我正和SUGAR在泡咖啡館，從那之後我們開始變成是幾乎每天見面，兩個同樣無所事事的人，幾乎每天見面一起打發時間，差別只在於我需要偽裝自己仍在上班，而她沒有必要，這樣而已。

電話裡的J聲音聽起來有些奇怪，他好像想告訴我什麼，什麼他認為難以啟齒的事情，但我沒心情聽，沒心情聽他慢慢說來，也沒心情去猜測他是否想要復合想要回頭。

我只說了我正在忙，然後就掛了電話。

「討厭的人哦？」

「前男友。」

「哦。」

「我們最近才分手。」

然後我說了些關於我們的事情，關於我和J的過去。

當我說J是婦科醫師時，SUGAR微微楞了一下，不太明顯的。

為什麼叫J呢？她問。

因為他不喜歡他的名字，所以認識他的人都喊他J，或者潘醫師。

還想說些什麼的時候，有人從背後喊住我，回頭一看，是好久不見的會計小姐。

「妳怎麼在這裡？」

我好驚訝的問，因為現在並不是午餐時間哪。

「我覺得妳很不夠意思耶。」

「嗯？」

「明明就知道什麼風聲還不告訴我，虧我還主動問過妳耶。」

「妳在說什麼呀？」

「為什麼妳這幾天都沒來？」

「職業倦怠，休長假咩，還會回去啦。」

「最好是還會回去啦。」

「編輯是跳槽到別的出版社啦！如果妳想問的是這個的話。」

「原來如此哦！我就猜到。不過，我想問的不是這個呀。」

「咦？」

「是我們老總。」

「他怎麼了？」

「聽說是談戀愛了。」

「這可真是新聞囉！那種中年醜胖子居然有人愛。」

「補充，禿頭的中年醜胖子。」

然後我們相視而笑。

「這是新聞但不是重點。」

「嗯？」

「重點是他好幾天沒來公司了，我們總編耶！那個7-ELEVEN耶！」

「為什麼？」

「不曉得，手機都不接，打去他家也沒人在，公司快亂啦。」

「怎麼會這樣？」

「所以我才想問妳呀！是不是公司有什麼財務危機或啥的我不知道？」

「財務危機的話應該是妳最先知道吧。」

「這倒也是，真是沒道理；最要命的是，廠商那邊的貨款還好解決，但作家的稿費沒他蓋章支票發不出去呀！我快被那些作家追得跳腳啦。」

作家？

「欸，我問妳，妳見過那個大牌嗎？」

「妳說妳幫她畫封面的那個難搞女？」

「嗯。」

「這就好笑了，連她的責任編輯都沒見過她本人了，更何況是我這個只負責寄支票的會計呀。」

「那妳知道她的本名嗎？」

她想了想，然後說了三個字，那三個字不是伶的名字。

但她又說：

「誰曉得這是不是她的本名呀。」

「嗯？」

「妳可能不知道，我們公司的作者版稅的話是要附上身分證影本的，起碼第一次的話是要這麼做的——」

「但她沒有？」

「Bingo！」

「為什麼？」

「可能是嫌身分證上的照片難看吧！誰曉得。」

「那，總編也沒見過她？」

然後會計小姐好奇怪的看著我，接著她笑了：

「哦？妳這是在暗示那位神祕作家就是我們總編的神祕戀人嗎？」

「我沒說。」

「哇哇哇！真是天大的八卦！」

「欸！我什麼都沒說好嗎？」

「哇塞！真是太刺激了！哈！笑死我！」

「嘖。」

笑夠了之後，她才終於正經了臉色，說：

「也好啦！反正我也開始在找新工作了，欸，這事妳先別走漏風聲哦！不過我昨天面試的那公司應該有可能會上，薪水還比這裡高耶。」

「那真是恭喜妳囉。」

「哎！如果能再讓我領個遣散費就好啦！妳知道，我從這公司一開始就在這了耶！遣散費要能領的到那就真太甜蜜囉。」

「祝福妳囉。」

「好說。」

起身，她要離開之前又東看看西看看的，然後問道：

「妳一個人喝兩杯咖啡幹嘛？」

「咦？」

她指了指SUGAR位子上喝了才一半的咖啡杯，癟了癟嘴巴，接著像是意識到事不關己那樣，她輕輕鬆鬆的離開。

SUGAR什麼時候走掉的？

# 11

本來是想去找SUGAR的，但想想算了，反正也沒什麼要緊的事。

回家之後我告訴母親這件事情，我說想休息一陣子，休息夠了會回到原來的公司上班——

「或者換份新的工作。」

我還有很多的存款，最後我強調這點。

「不用擔心錢的問題，妳也該休息一陣子了。」

母親笑著說，她的反應出乎我的意料之外。

說的也是呢，算來我都工作十年了吧！從沒間斷過，這是我第一次不用工作，所以我才會這樣快樂。

正當我鬆了口氣的時候，母親卻又說了件令我不舒服的事情：

「對了，昨天有人打電話找妳哦。」

「有說是誰嗎？」
「伶呀。」
「……」
「妳的那個童年玩伴，小時候妳常去他們家玩的那個伶呀！妳記得嗎？」
「……」
「接到電話時我還嚇了一跳呢！因為我們搬過家後來也沒聯絡了，而且聽說他們家移民了不是嗎？沒想到她居然還有我們家電話呢！原來妳們還有聯絡呀。」
沒有。我們沒有再聯絡了。
「有說找我什麼事嗎？」
「這倒是沒有欸，只說了她會再打來。」
「她有留電話嗎？」
「呀……我忘了問。」
「沒關係。」
沒關係，我說；但我立刻做的事情卻是拎起包包出門。
以一種逃離的姿態，出門。

「欸！這麼晚了妳上哪去呀？」

「出去買個東西。」

出門，以一種逃離的姿態，我出門。

我決定問個清楚。

我去找那個國中同學。

「呀！是妳呀，這麼晚了什麼事呀？也不先打個電話來，真是的……」

「伶打電話找我。」

「呀是哦……看妳臉色蒼白的，外面很冷嗎？」

「是你告訴伶我家的電話嗎？」

「沒有呀，伶沒跟我聯絡過呀。」

「是她殺的嗎？你那同事？」

「不曉得呀！不過，請把我之前的話忘掉吧！有目擊證人指出嫌犯是個男的啦！」

「……」

「停車場的錄影機也錄下來囉！是個男的沒錯啦。」

看著眼前這認識好幾年了的國中同學，我居然這才發現他不知道從什麼時候開始胖了好多，整個人儼然成了個中年發福的男子——就像J那樣，就像他形容過的伶那位男友一樣，就像我夢裡當年的那個男人一樣——

「欸，妳幹嘛呀？露出這麼陰沉的表情很可怕耶。」

「你為什麼突然改口？」

「因為之前只是大家的猜測呀！現在終於有了——」

「你為什麼不請我進去？」

「因為這麼晚了呀我想說妳可能一下就要走了。」

「有誰在裡面是不是？」

「喂！妳幹嘛呀？」

「是伶嗎？」

「妳發神經哦！」

推開了他我執意進到屋裡，我不知道我究竟想找出什麼，我只知道我好像是發了狂似的拚命找著——我堅信有人就在這個屋子裡，我堅信那個人就是伶，我堅信——

「妳鬧夠了沒有！」

他的聲音從我身後吼了過來，而我跪坐在地上，我覺得自己好丟臉，為什麼每件事情都不對勁！

「裡面誰也沒有！我在看A片！妳看到了吧！這樣夠了吧！」

「這樣可以嗎！這樣妳滿意了嗎！妳滿意了嗎！這就是妳要的是不是！」

「妳到底怎麼啦？」

「伶……她找我，可是——」

「天哪！認識妳這麼久第一次看妳哭……我打電話叫J來接妳好不好？」

J？

推開他放在我肩膀上的手，我急急忙忙的離開。

我去找J。

J的宿舍——

拿出忘記要還給J的鑰匙，我直接開門進入，但裡面空盪盪的一個人也沒有。

一個人也沒有的J的宿舍卻亮著燈？

向來節儉的J怎麼會離開了卻不關燈？

——我怕黑，從不關燈的。

我想起SUGAR曾經說過的。

搖搖頭，別胡思亂想。別——

拿起手機，我打電話到醫院問J的門診，但結果得到的回應卻是J排了特休回家一趟。

「什麼時候的事？」

「從今天開始。」

「是他家裡發生什麼事了嗎？」

「請問妳是？」

「我是他女朋友。」

「哦……我就想嘛！怎麼聲音好熟呀！這個潘醫師倒是沒說啦，不過他也太久沒休假啦！趁這機會剛好把特休休完也好啦。」

「什麼意思趁這機會？」

「哎！其實上次聚會時我就想告訴妳啦！不過潘醫師一直在妳身邊我也不好說些什麼，而且我又只是個小護士而已……」

「什麼事嗎？」

「潘醫師這陣子被個女病人纏上啦！每天都掛他的門診耶！還有人看到他們兩個在我們醫院的餐廳有說有笑的！不過我想潘醫師應該是不會怎麼樣啦！因為上次他還說你們快結婚了呀。」

「……」

「這種事其實也不是第一次發生啦！不過沒想到連潘醫師這樣忠厚的老實人——」

掛了電話，連再見或者謝謝也沒說的我直接就掛了電話；因為此時清清楚楚映入我眼簾的，是J白色枕頭上的那根茶色長髮。

又是那根茶色長髮！

# 12

我也不知道為什麼我會突然跑來找SUGAR，本來我以為我只是心太慌太亂所以很需要找個狀況外的人說說話，說說什麼無關痛癢——例如今天她為什麼突然從咖啡館不告而別，是什麼時候悄悄溜走的——什麼無關痛癢的話都好。

「嘿！妳來啦。」

開門，一見是我，SUGAR劈頭如此說道。

我沒奇怪她怎麼會劈頭如此說道，因為我明明沒事前告訴我要過來，我只奇怪怎麼會直接越過她走進這單身套房，而且還熟悉得好像我早就來過一樣。

「我剛煮好了咖啡喲，好喝的咖啡，剛好一起喝吧，我煮了很多呢。」

「嗯。」

兩杯熱咖啡之後，緇緊的神經終於稍稍的放鬆。

「妳有沒有欠誰一句對不起？」

「沒。」

她簡短的回答，想也沒想的，簡直就是理直氣壯的回答。

「小時候我有個很要好的童年玩伴，我好喜歡她，喜歡她的家，喜歡她家人，喜歡賴在她家裡就好像我自己也是他們家的一份子那樣……。」

SUGAR專注的凝望著我，她聽著我的叨絮，表情像隻好奇的貓似的，此時的SUGAR。

「……國小畢業那天我們約好了見面，在學校的停車場前，我遲到了，我老是遲到……不知道是不是因為這樣，往後只要和人有約，我總是會儘可能的不要遲到。」

「嗯。」

「遲到了，那天我遲到了，沒有什麼人，那時候學校裡沒有什麼人了，天色又好暗了，她不該等我的，我們不該約在學校停車場的，我先前就說在她家就好啦！可是她不聽，是她不聽的！」

「嗯。」

「天好暗，遠遠的我看到有個男的跟她搭訕，我不知道他說了什麼，我只看到她被硬拉了進去，在停車場裡，我很害怕，不知道為什麼，我想跑回家，裝作什麼事也沒發生過，可是我的反應卻是眼睜睜的看，呆呆的看——」

「後來呢？」

「後來我們沒再聯絡過，我聽說沒多久她出國了，我一直沒有她的消息，我不知道她過得好不好。」

「是不是被強暴了？」

SUGAR張著大眼睛，一臉甜美的笑容，彷彿多年來我刻意迴避的這兩個字不具任何的殺傷力似的。

強暴？我甚至刻意避免提起這兩個字眼，而為什麼SUGAR竟然說的這樣輕鬆自在？

「是好奇吧？」

「吭？」

「好奇發生了什麼事，好奇在發生什麼事，換作是我也會那樣的，人本來就有偷窺的慾望嘛！很自然哪。」

「不——」

「嘿！我想洗個澡可以嗎？」

沒頭沒腦的，SUGAR突然改變了話題，說。

「那我先回——」

話才說到了一半，聲音就從我的嘴巴裡蒸發，因為此時出現在我眼前的是，摘下假髮的SUGAR。

「妳是長頭髮？」

「是呀，偶爾戴個短髮換換造型咩，這頂假髮自然得很真哦？呵！」

背對著我，SUGAR說。

看著背對著我的SUGAR，我看見的是一頭茶色長髮。

「妳就是那個女病人？」

「什麼女病人？」

「纏著J的那個女病人！妳早在認識我之前就知道我了是不是！」

「小聲一點嘛！沒必要動怒呀，不過是個無聊乏味的男人嘛！長得又不好看，床上也不怎麼行，哎！真虧他還是個婦科醫生哩。」

「J去哪了？」

「這我哪知道呀？怎麼，他逃跑了嗎？」

「……。」

「欸，我問妳哦，他也喜歡對妳來硬的嗎？」

「……」

「好奇怪哦，他們平常都對我好溫柔好呵護，但一上了床就莫名其妙的變粗暴，連妳總編也是耶，想像不到吧？我還以為他是軟趴趴的咧。」

「……」

「欸，我說呀！J會不會是和妳的總編一起去旅行了呀？」

寒意上身，我感覺到一股寒意上身。

「妳是衝著我來的嗎？」

「我為什麼要衝著妳來？」

「妳為什麼要衝著我來！」

「好好玩喏，好像繞口令哦。」

「妳到底是誰！」

「好感傷喏，妳都替我畫了那麼久封面了耶。」

轉過身，我看見SUGAR轉過身面對著我。

我想我一定是瘋了，因為此時在我眼前的臉居然變成了是伶的臉——

想逃！我想逃！

「嘿！別這樣嘛！幹什麼老是看到我就想跑走呢？妳以前明明很愛來我家的呀。」

「不可能！妳不可能是伶！妳不可能！」

「真是想不到妳倒是還怪我約在學校耶！我倒是想問問妳，幹什麼妳老是愛來我家呀？嗯？在我家妳可以偷窺到什麼是嗎？嗯？」

「不要！」

妳不要過來！不要！

「妳倒是過得還挺如意的嘛！有個暗戀妳的老闆，還有個想娶妳的男朋友，他們知道妳是這種人嗎？見死不救，還喜歡偷窺。」

不要！

「嘿！妳不想聽聽我後來過的是怎麼樣的生活嗎？嗯？」

不要！不要！

「妳不要過來！妳不可能是伶！妳不可能！」

推開了逼向眼前的這個人，我拔腿就跑，然後……

不要回頭！我告訴我自己不要回頭，快逃！我告訴我自己快逃！

然後……

終究我還是回過頭，我沒看見鋼琴，我只看見這個女孩臉色蒼白的在我面前昏厥。

然後……

然後我聽見伶的琴聲從我的背後響起。

*The End*

# 遇見

あの日、
君と出会わなければ……

國家圖書館出版品預行編目資料

遇見／橘子著. --貳版，臺北市：
春天出版國際，2007 [ 民96 ]
-- 面；　公分. --（橘子作品集；11）
ISBN 978-986-6899-26-3（平裝）
857.7　　96001598

橘子作品 11

# 遇見

作　　者◎橘子
企劃主編◎莊宜勳
封面設計◎小美@永真急制Workshop
內文編排◎陳偉哲

發 行 人◎蘇彥誠
出 版 者◎春天出版國際文化有限公司
地　　址◎台北市信義路四段458號3樓
電　　話◎02-7718-0898
傳　　真◎02-7718-2388
E-mail◎frank.spring@msa.hinet.net
郵政帳號◎19705538
戶　　名◎春天出版國際文化有限公司
法律顧問◎蕭顯忠律師事務所
出版日期◎二〇一三年六月初版二十八刷
定　　價◎180元

總 經 銷◎楨德圖書事業有限公司
地　　址◎新北市新店區復興路45號3樓
電　　話◎02-2219-2839
傳　　真◎02-8667-2510
印 刷 所◎鴻霖印刷傳媒事業有限公司


ISBN 978-986-6899-26-3
Printed in Taiwan